タケル

空白の四世紀、
日本を統一した青年の物語

中村東樹
NAKAMURA HARUKI

幻冬舎 MC

タケル

―空白の四世紀、日本を統一した青年の物語―

目次

第一話　長老の予言　6
第二話　機織り工房の皇女　28
第三話　大碓と小碓　54
第四話　小碓西へ　74
第五話　熊襲健兄弟との戦い　106
第六話　山あいの医師　122
第七話　帰ってきたヤマトタケル　132
第八話　大王の新たな詔《みことのり》　138

第九話　天照大御神の御神饌《ごしんせん》　146
第十話　ヤマトタケルの東征　154
第十一話　東国でのヤマトタケル　172
第十二話　美夜受比売との再会　178
第十三話　伊吹山の神　182
第十四話　タケル最後の旅　188
番外　白い鳥となり空を舞うヤマトタケル　194
おわりに　200

【登場人物紹介】

ヤマトタケル、オウス（幼名）

古代日本の皇族で本書の主人公。漢字では「倭健」「日本武（尊）」と表記される。第12代景行《けいこう》天皇の皇子で、第14代仲哀《ちゅうあい》天皇の父にあたる。幼名は小碓《おうす》またの名を倭男具那《やまとおぐな》という。熊襲討伐、東国討伐を行った古代日本の伝説的英雄。

大碓《おおうす》

小碓《おうす》の双子の兄で、戦を嫌い動植物を愛する優しい性格の皇子。

フタジ

第11代垂仁《すいにん》天皇の皇女。石衝毘売《いわつくびめ》、またの名を布多遅能伊理毘売《ふたじのいりびめ》という。オウスの幼なじみで、いわやりが上手かった。

大王《おおきみ》

この時代は大帯日子淤斯呂和気大王《おほたらしひこおしろわけのだいおう》、のちの第12代景行天皇。

倭比売《やまとひめ》

第11代垂仁《すいにん》天皇の皇女。天照大御神の御杖代《みつえしろ》となり、居住地を求めて各地を回られた。伊勢の地に大神宮が建てられたのち、その地で斎宮となられた。

熊襲健《くまそたける》兄弟

古代日本の熊襲国の豪族。肥後国（現在の熊本県）の球磨と大隅（現在の鹿児島県）の曽於一帯を指す熊襲の首長で、兄健《えたける》と弟健《おとたける》の兄弟のこと。大和朝廷に従わず、しばしば反乱を起こした。

みくさの爺

宮廷から離れた山里で暮らしている稗田《ひえだ》一族の長老。古代から伝えられる神話、伝説、伝承をすべて諳んじており、ときどき大王や各地の豪族たちに披講する。過去現在未来を見通すことのできる能力もあるとされている。

弟彦公《おとひこのきみ》

美濃国の人で、若いころ朝鮮半島や晋の国に行ったことがある。弓の達人で、小碓の頼みで西国遠征に参加する。

トモミ

小碓の幼なじみで、稗田一族の若者。小碓といつも一緒に行動している。

比呂彦《ひろひこ》

土師一族の若者。古墳の建設に天才的な能力を持っており、タケルにつき添って各地の豪族の墳墓造営を手がけている。

弟橘比売《おとたちばなひめ》

ヤマトタケルの后の一人で、東国遠征についていった。

美夜受比売《みやず》

尾張氏の娘で、ヤマトタケルの后の一人。東征を終えたタケルは最後の時をこの地で過ごした。

第一話　長老の予言

1　纏《まき》向《むく》の若き皇子

あちらこちらで山桜が薄紅色に咲き誇り、昼間には心地良い東の風が吹き抜けていく季節になってきた。まだ朝はうすら寒い日々が続いている。若き皇子小碓《おうす》は、日に焼けた褐色の腕でかけ布を払い、東の空が少しずつ茜色に変わっていくのを、寝間に横たわったまま眺めていた。決して大きな体つきではないが、日ごろ鍛えた上腕や大腿部、さらに両肩、胸郭、腹周りの筋肉が硬く盛り上がっていた。神々の住まわれている聖なる三輪山から、強い日差しが一条差し込まれてきた。いつも見慣れている光景だが、今日は特に美しく幻想的な朝のひと時だった。

　ぼんやりとこれから起こることを考えていた。今日は一体どのようなことが起こるのだろう。自分の未来に関して稗田《ひえだ》一族の長老は何と予言するのだろうか。何と言われようと自分の将来に影響を与えることはないと考えているのだが、若い自分自身が何者であり、これから何をするのか、過去・現在・未来を見通す霊力を持っていることで知られている長老の言葉が気にならないわけはない。

　すっかりあたりが明るくなり、皇子の居宅のある纒向日代《まきむくひのしろ》の宮の環濠から少し離れた通りに人の気配がするようになった。簡単な食事をとり身支度を整えた小碓は、そっと居室を出た。大王の先祖を祀る箸墓と三輪山の方向に深々と礼をした後、居城を警備する衛兵らに気づかれぬよう、秘密の暗渠《あんきょ》を通って外に出ていった。

　昨夜から待機していた遊び仲間のトモミと、街から少し離れた苫屋で出会った。彼も稗田一族の出身で、長老から特別可愛がられており、今日の顔合わせをすべて準備してくれたのである。長老は人里からずっと離れた山奥の洞窟でいつも瞑想にふけり、時に神々から始まるヤマトの歴史を復唱しているとのことである。

　三輪山を背にして、長老の住んでいる山に向かっていった。その山はこの地域で最も高く、急な登り坂や、深く流れの激しい谷川、人一人が山肌にへばりつきながら歩く崖道、ほとんど人の足跡のないいわゆる獣道など、起伏に富んだ山道が続いた。若く逞しい二人の脚力でも、目指す山の麓に着いたとき、太陽はすでに少し西に傾いていた。

長時間の山歩きで、二人とも空腹になってきた。トモミは持参した火打石を取り出し、落ちていた枯れ枝を集め、古い麻布を燻したものを火口《ほぐち》にして火を起こしたのだった。準備した蕎麦餅と干し鮎をしっかり炙ってから小碓に勧めた。せせらぎの清流の水を竹筒で飲んで喉の渇きを潤した。この時代も蕎麦粉と米粉を混ぜて作った餅は貴重なものだった。二人は熱々の餅に息を吹きかけて冷ましながら食べた。さらに香ばしい焼き鮎にかぶりつくと、疲れた体に元気が蘇ってきた。しっかりと腹ごしらえをしてから、二人はさらに歩き続けた。長老が住む洞窟の前に立ったときは、すでに薄暗くなっており、遠い西の山々に美しい黄金色の夕映えが広がっていた。

2　洞窟の老人

洞窟の中に入ったトモミが、

「爺、小碓様をお連れしました」

と大声で伝えるのが聞こえた。洞窟から出てきたトモミは小碓を中に招き入れた。洞窟の奥には絶えず豊富な水が流れているせいか、少しひんやりと感じられた。二灯の松明《たいまつ》が洞窟内を照らしているのだが、薄暗くて何も窺うことはできなかった。そのうち目が慣れてくると一人の老人がこちらを向いて座っているのが少しずつわかってきた。

かっと見開いた目は小碓を凝視していたが、決して怒っている眼差しではなく、慈愛と喜びに満ちた目であった。

爺はおもむろに口を開いた。

「小碓様、遠いところをよくおいでになりました。どうぞお座りください。トモミもご苦労だった」

二人が、石を積み重ねて作られた囲炉裏を挟んで長老の前に座ると、言葉を続けた。

「大変な道のりをよくここまで来てくださいました。私は、十数年前、大王の前でヤマトの国の古き言い伝えをお話し申し上げた時に、まだ三、四才の小碓様にたまたまお目にかかりました。その時小碓様が成長なされた暁に、私が直接この皇子様にお話ししている姿が頭の中に閃いたのです。その時のことはずっと忘れていませんでしたが、本当にこのような形で実現するとは。もう嬉しくてたまりません」

長老は、自分が小碓皇子に話をする時が来るのをずっと前から知っていて、その時を今まで待っていたことを語った。

「私は大昔から現在にいたるまでのこの国の伝承を、口伝えですべて受け継ぎ、また後世に託していくという任を与えられています。この洞窟の中で、これまでの言い伝えを何百回、何千回と復唱して、次に引き継ぐべく準備をしております。あなた様にいくつか話しておきたいことがあります。それはこの国の大昔から今に至るまでの人々が、どのような思いで生きてきたかということ、何をしてきたかということ、そして何を守ってきたかということです。私の人生は、もしかしたら今日ここであなた様にお会いして、いろいろなことを語り伝えていくことが最大の役割なのかもしれません。本当に今日ここでお会いすることができて良かった」

その目からは、大粒の涙が次から次にあふれ出していた。

3　みくさの爺の話

長老は「みくさの爺」と呼ばれていた。ヤマト朝廷に古くから伝えられている伝説を、爺の一族は何百年にもわたり伝えてきたのである。神々の時代にこの国が誕生した時のことから話し始めた。

昔々天と地がはっきりしない、混とんとして漂ったままの状態だった。高天原の天つ神は、男神である伊邪那岐命《いざなきのみこと》と女神である伊邪那美命《いざなみのみこと》を結婚させて地上に遣わせた。漂ったままのこの国を固めて、人の住むことのできる島を産むのが二人の使命だった。この夫婦の神によって生まれたのが、順に、淡路島、伊予之二名島《いよのふたなのしま》（四国）、隠岐（隠岐諸島）、筑紫島（九州）、伊伎島（壱岐）、津島（対馬）、佐渡（佐渡ヶ島）、畿内・大和をふくむ本州（大倭豊秋津島《おおやまととよあきつしま》）の八つの島である。このことから、この国のことを大八島国《おほやしまのくに》と言うのである。そののち更に、吉備の児島、小豆島、大島、女島《ひめしま》、知訶島《ちかのしま》（五島列島）、両児島《ふたごのしま》（男女群島）の六島を国産みされたのである。

伊邪那岐命と伊邪那美命の夫婦の神様がお産みになったと伝えられるこれらの島々に、我々は先祖代々ずっと住んでいる。そして今に至るまでみんな幸せに暮らしてきた。

このようなことを諄々《じゅんじゅん》と話した。

（作者註：今後「ヤマト」と表記した場合、いわゆる現在の「日本」と同じ国を示します。「大和」と表記した場合は、現在の奈良県大和地方のヤマト朝廷が本拠とした地域を示すことにします。）

みくさの爺は話を続けた。

「この国産みの話をしたのは、若い二人にしっかりと伝えておきたかったからなのだ。我々の先祖は、決して人の住んでいる土地を戦《いくさ》で奪ったり、そこに住んでいる人々を追い出してこの国に住みついたのではないということを。この地は、その昔伝説の神々が我々のために用意してくれて、我々が平和に暮らしていくために準備してくれたとてもとても大切な土地で、そこに何百年も幸せに暮らしてきたのである。

各地には美しい四季があり、山野には豊かな自然がある。秋になると田畑で米や野菜、芋を収穫したり、山で木の実や果実をたくさん手に入れることができる。海や川では魚、貝、エビ、蟹、藻など美味しい食べ物をふんだんに獲ることができる。豊かで美しく住みやすい、このように素晴らしい国はどこにもない。

我々は祖先からもう何千年もここに暮らしているので、そのありがたさがわからずに当然のように思っているが、みんなが幸せに暮らすために神々が創ってくれた大事な土地なのだ。我々はこのことを肝に銘じて、この国を守っていかなければならない。それを伝えたいがために国産みの伝説を話したのだ」

みくさの爺は心を込めて話した。

「ヤマトは、決して大きな国ではなく、住んでいる人々もそんなに多くはない。それにもかかわらずいまだに小さな国に分かれて争っている。一つの国を創ってみんなの力で政《まつりごと》をしていくことが大事なのだ。そうすれば、この国はさらに素晴らしい国になっていくことであろう。

小碓様、あなた様の父である大王《おおきみ》は、国を一つにしようと各地に出向いて戦っている。しかしまだまだヤマトに従わない地方の豪族はたくさんいます。まだ道は半ばでしかありません。これを一つにまとめて、国を創り上げるという偉業を成し遂げるのは小碓様、あなたなのです」

小碓は長老の言葉に驚いた。この国を一つにまとめるのは、父大王の仕事とばかり思っていたからだった。

「私にこのヤマトを一つに統《す》べよといわれても、私には何の力もない。そりゃ腕っ節の力だけは強くて他の子供たちには誰にも負けない自信があります。大王の愚かな息子と陰で笑われている私に何ができるというのでしょうか」

「私には、あなたが全力でこの国を一つにする姿が見えます。その意志を継いで我々の子孫たちがずっとこの国を守り継いでいる姿も見えてくるのです」

トモミは小碓と長老の話を聞きながら驚いていた。いつも二人で遊び回っている小碓がそんな大変な人になるという。爺の言葉は決して嘘ではないことを知っているのだ。

長老は続けて言った。

「今この時代にも世の中のことを詳しく知っている人たちがたくさんいます。その人たちに直接会い、教えを請うことにより、新しく正しい知識を身につけていただきたい。そうすれば、この国や民に何が必要なのかわかるようになります。

この国を一つにまとめて、豊かな国を創りあげていく。その後にこの国は大きく発展していきます。住む人たちが平和で豊かになれば、きれいな水が流れ込んでくるように、大事な思想、歴史、その他多くの知識、それらを記録する文字などが次々にこの国にやってくるはずです」

みくさの爺は、しばらく話したのちに

「今日はここまでにしましょう。もう休みなさい、明日も大事な話をしなければいけないからね。明日も小碓様にもかかわる大事な話が残っております」

4　三種の神宝

小碓は、初めて山の洞窟の中で一夜を過ごした。外では春の嵐が来ていたのか、昼の穏やかな天気が一変して、すさまじい風の音が一晩中鳴り響いた。洞窟の中は意外と暖かく、山旅の疲れもあり二人はぐっすりと朝まで眠った。

翌朝は、薺《なずな》、すずな、芹《せり》、すずしろなど春の野草がたくさん入った粥を、みくさの爺が作り二人に振る舞ったのである。また雉《きじ》の乾し肉を火で炙ったものも用意されていた。雉はこの山の中にもたくさん巣を作っている。美味しい朝の食事で腹いっぱいになってから、また爺の話が始まった。

「今日は、大事な三種《みくさ》の神宝《かむたから》について話していこう。小碓様は、大王家に伝わる三つの宝物を知っておられるか」

小碓は突然の問いに驚いた。

「大王の大切な倉には、そのような貴重なものがあると聞いたことがありますが、大王をはじめとしてどなたもそれを直接見たものはいないと伝えられています。見れば目がつぶれると言い伝えられています。ですからどのようなものか想像すらできず、まったく知りません」

みくさの爺は、小碓の話を頷きながら聞いていた。そして重々しく口を開いた。

「この三種の宝は神々の魂そのものであり、神々の大いなる霊力そのものが秘められているのです。この国の大王のおられるところに存在するものなのです」

小碓は、物心のついた頃には既に父親が大王として君臨していた。従って、三種の神器が伝えられる大王となる儀式は見ていなかった。この神宝のある場所が、大王の存在を示すものだという。

三種の神宝とは、鏡【八咫鏡《やたのかがみ》】、玉【八尺瓊勾玉《やさかにのまがたま》】、剣【天叢雲剣《あめのむらくものつるぎ》】をさしている。

爺はこの神宝のいわれについて話し出した。

「力を合わせてこの国（大八州）を産み終えた伊邪那岐命と伊邪那美命は、この国に必要なありとあらゆるものを準備した。またたくさんの神々を産まれた。伊邪那岐命は、最後に三貴子《みはしらのうずのみこ》を誕生させた。左目をお洗いになられて天照大御神《あまてらすおおみかみ》、右目をお洗いになられて月読命《つくよみのみこと》、そして鼻をお洗いになられて建速須佐之男命《たけはやすさのおのみこと》（以下、須佐之《すさの》男命《おのみこと》）がお成りになったのである。

伊邪那岐命は大いに喜んだ。天照大御神は、高天原《たかまがはら》を治める日の神となれ。月読命は夜の世界を治めなさい。須佐之男命は海原《うなはら》を治めるように命じた。それぞれの命《みこと》に役割を決められたのである。

その中で須佐之男命だけは、命じられた海原を治めようとせずに、朝から晩まで大声で泣いて暮らしていた。もう大きく成長して、年を取り髭もずいぶん伸びてきたのに、ワーワーと泣き続けていた。

そこで伊邪那岐命は須佐之男命に尋ねた。

『お前は命じられた海原を治める仕事もしないで、どうしていつも泣いてばかりいるのだ』

須佐之男命は泣きながら答えた。

『私はお母様に会いに、根の堅洲《かたす》国に行きたいのです。それがかなわずにこうしていつも泣いているのです』

それを聞いた伊邪那岐命は、

『私の言うことを聞かないのなら、お前の好きなようにどこへでも行くが良い』

と仰せられ須佐之男命を高天原から追放したのである。


須佐之男命は天上界から去る前に、姉である天照大御神に挨拶をしておこうと高天原に向かった。須佐之男命が天に上ろうとすると大地が揺るぎ地響きがみられた。

これを見ていた天照大御神は、

『弟が私の天上界を奪おうとしてやってきているに違いない。そうはさせるものか』

そのときの天照大御神は、全身の完全なる武装をして待ち受けた。

弓矢を振り立て、地面を両足で強く踏ん張りながら、須佐之男命に強く問いただした。

『お前は何をしに高天原にやってきたのだ』

この時須佐之男命は、

『私は母のいる根の国に行ってしまうので、天照大御神にご挨拶をしに来ただけです』

自分の心が清いことを証明するために、子供を産んで見せましょうと言い、お互いに子供を産むことになった。須佐之男命の腰に帯びていた十拳《とつか》の剣からは宗像の三女神が産まれた。

須佐之男命は、

『私の心の清いことが明らかになりました。私が産んだのは優しい女の子ばかり、私の勝ちだ』と勝ち誇った。

そこで須佐之男命は、天上界にいることを許されたのだった。そののちひどいことを何度も行った。それらは大目にみられていた。

ある日天照大御神が斎服殿で神様の着物（神衣《かんみそ》）を織っていたところ、神殿の甍《いらか》を壊して、そこから尻の皮を逆方向に剥がれて痛みのために大暴れするまだら馬を投げ入れた。多くの官女たちが働いていた機屋は大混乱になり、天照大御神は機織りの梭《ひ》（機器の横糸を通す道具）で怪我をされた。それが突き刺さって死んだ機織り女もいた。

事ここに至りついに天照大御神は激怒され、天の岩屋戸に入りそのまま閉じこもってしまわれた。

日の神である天照大御神が閉じこもられてからというもの、高天原も中つ国も、どこも真っ暗な夜だけの世界になってしまった。

困り果てた八百万の神々は、天安河辺《あまのやすのかわら》に集まりこれからどうすれば良いか話し合った。

天の金山から鉄を取り出して八咫鏡《やたのかがみ》を作らせた。また八尺の勾玉を多数貫いた一連の数珠を作らせた。天の香具山の枝葉の繁った賢木《さかき》（榊）を掘り起こして、上の枝に八尺の勾玉の連珠を取り付け、中の枝には八咫鏡《やたのかがみ》を掛け、下の枝には楮《こうぞ》の白い幣《ぬさ》と麻の青い幣を垂らした。

この素晴らしい供え物を、天照大御神がお隠れになった天の岩屋戸の前に奉納した。天の岩屋戸の前に天手力男神《あめのたぢからおのかみ》を隠して待たせておいた。

それから神楽が始まった。舞い踊るのは天宇受売命《あめのうずめのみこと》で、逆さまに置いた桶を強く足で何度も踏み鳴らしたり、大げさな演技をしたりして、次第に神懸かりの状態になった。女神の薄い着物から体の中が見えるたびに、神々からどよめきや笑い声が起こった。拍手や叫び声で大変騒々しくなってしまい、神々はまるで天照大御神のことを忘れてしまったように思えるほど賑やかだった。

天の岩屋戸の中に閉じこもっていた天照大御神は、外があまりにも騒々しく、大きな笑い声や叫び声が聞こえてくるので、何事かとそっと岩屋を開けて外をうかがった。

天照大御神は天宇売受命に尋ねた。

「私がここに籠もっているので、世の中は真暗闇のはずだけれど、どうしてみんなは踊り唄い笑っているのですか」

「それは、あなた様よりも素晴らしい神様が現れたので、八百万の神々が喜んで酒盛りをしているのです」

天照大御神はもう少しのぞいてみようと扉を少し開いたところ、八咫鏡にキラキラと光り輝く神の姿が映し出された。自分の姿が映っているとわからずたいそう驚かれた。その時陰に隠れていた天手力男神が天照大御神の手を取って中から引き出した。

すぐ布刀玉命《ふとたまのみこと》が、

「もう決してこの中に入らないでください」

と述べて入り口を縄でふさいだ。

天の岩屋戸から天照大御神が出てきたので、高天原も葦原の中つ国もすっかり明るくなり、八百万の神々が大喜びしたことは言うまでもない。この後須佐之男命は、髭を切られ、手足の爪も切られ、高天原から追放されたのである。

天の岩屋戸に閉じ籠もった天照大御神を、外に戻すために用いた八咫鏡《やたのかがみ》、八尺瓊勾玉《やさかにのまがたま》は大王家に伝わる三種の神宝のうちの二宝である。

高天原を追放された須佐之男命は、母の国に行こうとしていた。出雲の国の斐伊川《ひいがわ》の上流の鳥髪《とりかみ》という山あいの地に天下っていた。ふと川に箸が流れているのが目に留まった。こんな山の奥にも暮らしている人がいるのかと思いながらさらに登って行ったところ、屋敷がありその中からさめざめとした泣き声が聞こえてきた。中に入ると、一人の娘を挟んで年老いた爺と婆が、娘を撫でながら泣いているのだった。

爺の名は足名椎《あしなづち》、婆の名は手名椎《てなづち》といい、その間にいたのが二人の子である奇稲田姫《くしいなだひめ》という美しい娘であった。

泣いている理由を須佐之男命が爺に尋ねたところ、つぎのように答えた。

二人には八人の娘がいたが、毎年この時期になると山奥から八岐大蛇《やまたのおろち》がやってきて娘を一人ずつ呑み込みに来るという。これまですでに七人の娘が犠牲になり、もうすぐこの最後の娘も八岐大蛇に呑み込まれる時期なのだという。それが悲しくて三人で泣いていたのだという。

八岐大蛇は、体は一つだが頭と尾は八つに分かれており、目はまるでほおずきのように真っ赤で、体には苔がむし杉や檜が生えている。長さは八つの尾根や谷をまたぐほどで、腹には真っ赤などす黒い血がこびりついている。それは恐ろしい姿だという。

須佐之男命は老夫婦と娘を助けるために、八岐大蛇と戦う覚悟を決めたのであった。

「その娘を、私の嫁にくれないか」

と爺に聞くと大いに驚いた。

「私はあなた様の名前も何も知りません」

「私は、天照大御神の弟で須佐之男命と申す。今高天原からおりてきたのだ」

それを聞いた足名椎は、

「それは恐れ多いことで、仰せのままにいたします」

と驚きながらも喜んで承諾したのだった。

須佐之男命は、奇稲田姫に

「汝は常に私とともにいるのだ」

と述べて、爪櫛《つまくし》に変えてしまい自分の髪に挿されたのである。

爺と婆に、八回醸成を繰り返した濃い酒を作るように命じた。さらに家の周りに大きな垣をめぐらして、八つの門を作っておく。それぞれに座敷を作って酒船（酒を入れる船のような桶）を用意して、その中に濃い酒をたっぷり入れておき、八岐大蛇が来るのを待つように命じた。

準備がしっかり整った後、大きな轟音と雨嵐を伴って八岐大蛇は爺が話したように凄い形相でやってきた。大蛇は八つの門まで暴れ狂ったように来たが、門においてある酒船をみると、それぞれ八つの頭を垂れ入れて、濃い酒をぐいぐいと一斉に飲みだしたのである。すべて飲み終わると大蛇は酔っぱらってしまい、その場に倒れて寝てしまった。

この時須佐之男命は、ここぞとばかりに持っていた十拳《トツカ》の剣を手にして八岐大蛇の上に飛び乗り、大蛇の頚が一つになった急所を突き刺した。驚いて暴れだそうとする大蛇にとどめを刺して、ずたずたに切り裂いた。その体からは続々と血があふれ出し、斐伊川は真っ赤に染まったという。

命《みこと》が大蛇の尾を切った時、持っていた十拳の剣の刃が毀《か》けていた。これを怪しんだ尊はよく調べてみると、大蛇の尾の中から光輝く素晴らしい太刀が出てきたのである。これは天叢雲剣《あめのむらくものつるぎ》といわれる神剣で、その名の由来は八岐大蛇の居るところには常に雲がかかっていることからという。

須佐之男命はこの太刀を捧げ持ち、

「なんと神々しくて美しい太刀であろうか。これは私ごときが持つようなものではない」

と言われた。そして姉の天照大御神に奉ったといわれる。

この太刀が大王家に伝わる第三番目の神宝「天叢雲剣」である。

5　出雲八重垣

二人は、みくさの爺の話の面白さに引き込まれてしっかり聞いていた。大王家に伝わる三種の神器の話を聞いて、大昔の神々の時代に思いを馳せるとともに、今に伝わる古代の宝を自分たちが守っていかなければと思うのであった。

小碓は大王家に伝わる宝の話や、神々の話、そして自分がなすべきことを滔々と語る爺の話に、まだまだこの続きがあるように思われた。

「小碓様、まだ話は始まったばかりです。この後も大事な話がたくさんあります。でもこのたびはこのくらいにしておきましょう。またお会いしてお話をすることがあるやもしれません。

　でもこれらの話の続きを作っていくのは、他の誰でもありません。あなた様なのです。あなたこそこの伝説に彩られた大王家の歴史の主役となるのです。私にはそれがうっすらと見えているのです。私も若ければ、その勇ましい姿を見ることができたのだろうが」

　みくさの爺が続けた
「最後に須佐之男命はこののち出雲の国に迎えられ、嫁にした奇稲田姫と住まわれる場所を探しました。

『われこの地にきて、心がすがすがしい』

ある場所に着かれた時、そう仰せられた。それからは今もこの地を『須賀《すが》』と言うようになったそうだ。

　この地に初めて宮殿を建てられた時、その地より雲が立ち上ったといわれる。そこで歌を詠まれた。その歌をお聞かせしよう」

八雲起《やくもた》つ　出雲八重垣《いずもやへがき》
妻籠《つまご》みに　八重垣作《やへがきつく》る
その八重垣《やへがき》を

（引用文献1）

［現代語訳］
雲が幾重にも立ち上がる　八雲起つ出雲の地に
八重の垣根を　妻を籠もらせるために八重垣をこしらえる
その八重垣がこれなのだ

洞窟内に朗々と響く、美しい節まわしの歌謡が数回復唱された。小碓たちの心も実にすがすがしく感じられた。この爺の歌を最後に聴いて二人は洞窟を後にした。

第二話

機織り工房の皇女

1　纏向の賑わい

纏向《まきむく》の日代《ひのしろ》の地（現在の奈良県桜井市）に、大王《おおきみ》（大帯日子淤斯呂和気命《おほたらしひこおしろわけのみこと》：後の景行天皇）の宮殿があった。宮殿の背後には神々が鎮座される三輪山が聳えており、山の麓には箸墓《はしはか》と称される巨大な墳墓が建造されていた。小碓《おうす》たちの時代から、さらに百年以上前、先々代の大王（崇神天皇）のころに纏向が宮城の地に定められた。このころにこの大きな墳墓は造られたとされている。

三輪山には、大王一族の守り神である天つ神、国つ神が鎮座されている。神職の祭祀奉納以外には、山に登ることは許されていない。山そのものが壮大な神の社《やしろ》なのであった。

大王家は、毎朝三輪山と箸墓に対する祭礼は欠かさなかった。この大きな墳墓の造営には、大陸からの帰化人の一族が関わったとされている。宮殿の東側の山沿いには、当時も新しい墳墓が多数造られていた。

ヤマトの国の大帯《おおたらし》日子《ひこ》大王は、関東、東海、北陸、尾張、美濃、難波、備、中国地方、さらには四国や九州の一部など多くの国を従えるようになり、その権勢はますます巨大なものとなってきた。

後に古墳時代といわれている時代区分は、この纏向の地で造られた箸墓の造営から始まったといってもよく、この墳墓は大和朝廷にとって非常に重要な建造物なのである。各地で大和朝廷に服属した豪族たちは、三輪山の神々をともに祀り、宗教的な同一性を保つことが必要であった。そのため各豪族の先祖は神々の系譜の中に組み込まれていった。それと同時に服属した豪族の地元には、自分の力を誇示する為の大きな墳墓を建造するようになる。この建造方法を大和朝廷は伝えていったのである。

こののち日本国中に大小さまざまの墳墓である円墳、方墳、さらに日本独自の形をした前方後円墳など、想像を絶するほど多数の墳墓（十数万基）が建造されたのが古墳時代である。この時代は三百年以上も続いたのである。

大王の広大な敷地の中には、祭祀を行う館、大王の一族が住む住居、各地の豪族や外国の使節など要人が宿泊する建物などが数多く建造されていた。宮殿を取り囲むように大きな濠があり、巻向川から大小の運河を介して、水が流れ込んでいた。川や運河には多くの船が行き来して、物資の搬送が盛んに行われていた。まだ建設途上の陵墓もいくつかあり、それに従事する人も全国各地からやってきた。

この時代になると、この地に各地から朝貢される多数の物産が集まってくるようになった。それらを貯蔵する高床式倉庫も多く造られていた。これらの物資を持ってくる人たちは、帰りには必要なものを郷里に持ち帰る必要があり、さながらこの纏向の地は、日本各地の物産をやり取りする市場のような様相を呈していた。このような街ができたのはヤマトの国では初めてのことであった。

広大な宮殿の西側には、大和盆地が一望されるほど大きく開かれており、大王一族が所有する水田、畑地などもすぐ近くにあった。

敷地の中には、各地から選ばれた選りすぐりの職人たちが各工房で働いており、日夜様々なものが作り出されていた。そこで働く人たちのための食事を作る厨房では、一日二回の食事の準備のために多くの人が忙しく働いていた。米、麦、野菜、塩漬けや日干しの魚、鹿や猪の獣肉など多彩な食材が調理されていた。

敷地内には、蹈鞴《たたら》を踏んで送風する装置をもつ鍛冶工房があり、高温の火の中で職人たちが汗を流しながら純度の高い鉄を作っていた。この時代は米や麦など穀物の生産量が増加してきており、農作業に必要な道具である鍬、鋤、鎌、手鎌などの需要が高くなっていた。鋳造された鉄は、これも専門の職人によって、立派な農機具に加工されていた。

また祭礼に必要な土器と埴輪《はにわ》が、全国各地からこの地に運び込まれていた。これらは伊勢、東海、北陸、山陰などで作られたものであった。さらに各地の職人がこの地にやってきて、故郷の様式で土器を窯で焼いて奉納もしていた。

必要とされるものを地方から運んでくる人たち、それで多くの道具を作る職人たち、この街でできたものや各地の物品を地方に運んで利益を得ようとする商人のような人たちなどが宮城の近くに集まり、小屋を建ててごった返していた。まだ貨幣はなく、物々交換が取引の主体であったが、後の都の賑わいの始まりといえるようなものであった。人々は夜になると、生まれ育った地方の人たち同士が広場に集まり、歌ったり踊ったり、飲み食いしたりで、夜遅くまで賑やかな時を過ごしたのである。

この時代は、新しい日本ができる夜明けのころに相当するのであろうか。この地に集まった人たちは、皆生き生きと輝いていたのである。

2 機織り工房

多くの建物の中の一つに、機織《はたお》りの工房があった。全国各地から織物の材料となる糸がたくさん献上されてきた。糸の素材となる植物繊維は麻《あさ》、苧麻《ちょま》がもっともよく利用された。動物性の繭糸も利用されたが、これは高級な織物でごく一部の貴人のために織られていた。機織りの作業を行うのはほとんどが女性で、代々受け継がれた技能を若い娘たちが引き継ぐのは、このころすでに当たり前のことであった。

一般の人々に供せられる織物を造る工房は大王の宮城の外に建てられており、織物ができあがると、それを着ることができるように裁断して縫製されていた。当時の男性は衣袴《きぬはかま》姿、女性は衣裳《きぬも》姿が多く見られた。衣服を求めて、機織り工房には多くの人たちが出入りしていた。

大王の宮殿のある敷地の中にも、大王一族、各地の豪族などに用立てるための立派な機織り工房があった。この機織り工房には、多くの技能の優れた女性たちが集められ、日夜交代で作業は続けられた。夜遅くにも耳を澄ませると機を打つ音が、漆黒の闇の中を響き渡るのが聞こえてきた。

　機織りを行う娘たちの中に、フタジ（石衝毘売命《いわつくびめのみこと》、別名　布多遅能伊理毘売命《ふたじのいりびめのみこと》）と呼ばれる美しい娘がいた。先代の大王（垂仁天皇）の娘であるから皇女の身分なのだが、母親の身分が高くないことや、亡き大王の老いてからの娘であったことから、大王家の末席に連なるだけの存在だった。十五歳になるフタジは、皇女といえども遊んで暮らして生きていけるはずもなく、幼い頃から機織りに従事していた。天性の美しさから豪族の子息たちの間では評判の娘であったが、厳しいことで有名な母親に守られており、嫁に欲しいという申し込みもすべて拒絶されていた。フタジにもその気はないらしく、もっぱら機織りに精を出していた。

　フタジはその優れた容姿だけでなく、機織りの技術にかけても他の追随を許さないほどの腕前だった。彼女の手で織られた着物が、麻でも絹でも丈夫で美しいことが人々の間では評判になっていた。機織り工房の管理を任されているマツノという老女が、織りあげられた布を見て触れれば、誰が織ったものであるかすぐわかるのだった。フタジの作ったものだけは別格だった。フタジが織る麻や絹の織物には、糸の乱れがなく、また詰まりすぎても緩みすぎてもおらず、肌触りが不思議と柔らかくしかも強いのである。身分の高い人たちはその着物を欲しがってマツノに頼み込むほどだった。

「いくら頼まれてもフタジ様は、神様にお供えする神御衣《かんみそ》の他は、大王《おおきみ》に上納される織物を作られるだけです。特別に作ってくれと頼まれても決して織られることはありません」

とマツノはけんもほろろに断るのだった。

ただマツノは、フタジが織る布の中に例外があるのを知っていた。フタジは、上質の麻糸を選んで、それをいろいろな濃度の藍染めにしていた。長い時間をかけて大切に準備した麻糸を、心をこめて織りあげていった。出来た反物を自ら裁断して、服を作っていくフタジの姿を、マツノはときどき物陰から見ていた。その服は大切に保管されており、誰にも見せることはなかった。あるときマツノは、その着物をある人に届けるよう頼まれたことがあった。彼女の想いをマツノはよく知っているのだった。

3　神御衣《かんみそ》の奉納

さかのぼること二年少し前の春のことである。フタジは朝廷から特別に選ばれ、伊勢の五十鈴川のほとりで伊勢神宮の敷地内にある機殿《はたどの》に奉職したのだった。フタジの強い願いで、幼なじみのカンナも一緒に奉職することが許された。纏向の居住地から伊勢まで、選ばれた五名の娘が三人の屈強な衛兵に守られて、二泊三日の行程で無事にたどり着くことができた。

伊勢の皇大神宮は、三十年前にようやくこの伊勢の地に天照大御神の御座所として定められたのである。始めは三輪山の神社に祭られていたが、神の望む場所を探していくうちに、転々と御座所を変えることとなった。その仮の行所の数は二十数か所にも及ぶとされている。

大神様の衣を神御衣《かんみそ》という。春と秋の年二回の神御衣《かんみそ》祭で、絹で織られた「和妙《にぎたえ》」と麻で織られた「荒妙《あらたえ》」の反物が奉納される。フタジたちは、最初の一年は和妙、次の年は荒妙の織り手としてこの地に奉職したのだった。この二年の間は、伊勢の神聖な地から一切外に出ることなく、巫女として神御衣の製作に従事したのである。

伊勢の斎宮の倭姫《やまとひめ》（倭比売命《やまとひめのみこと》）が何かと面倒を見てくれて、いろいろなことを教えてくれたのだった。この倭姫は、年はフタジより三十歳近くも上であるが、父はともに垂仁天皇で母違いの姉になる。そのせいか特別に可愛がってくれた。

伊勢の地でのフタジたちの最初の仕事は、和妙《にぎたえ》の製作に携わることであった。絹織物は現在でもそうであるが、非常に貴重なもので大王一族や有力な豪族しか身につけることはできなかった。

和妙作りの最初の仕事は、蚕《かいこ》の大好物の桑の葉を充分に与えることであった。元気な蚕を養うためには、いつも桑の葉がしっかりと育っているか見守っていくのも大切なことであった。

養蚕《ようさん》は大昔から中国で行われていた。この蚕という動物は、何千年も前から人間に飼われている昆虫であり、言い方は悪いが絹織物の生産のためにだけ存在する動物である。あまりに家畜としての歴史が長いために、人の手の入らない野生にもどしても、生きていくことはできなくなっている。日本では昔から「お蚕様」として、家族で大事に受け継いできたのである。

フタジたち和妙《にぎたえ》の担当となったものは、蚕の様子を昼夜を問わず交代で観察していた。孵化して五週が立つと繭を作ってくる。

これが終わると繭を乾燥してから煮ていく。煮ることでほぐれやすくなった繭の表面をみご箒《ほうき》(稲の穂先で作ったほうき)で撫で、糸口を探し出す。そして糸口をみつけて、何本か撚《よ》りながらまとめていき、目的の長さ・太さの一本の糸を繰り上げていく。撚りあわされた長い一本の糸だが、これを乾燥すると撚られた糸が接着して、強い糸になるのである。

生糸ができると今度は機殿神社内の八尋殿で、和妙《にぎたえ》の御衣《おんぞ》を織る作業が始まる。天照大御神への奉納は毎年春の候とされている。作業は十日ほどかかるので、その間はまた忙しい日々が続く。

二台の機織り機が準備されていた。機織りの基本的な手技はこの時代にすでに出来上がっており、天秤腰機《てんびんこしはた》と呼ばれる機械であった。宗像大社に国宝として保存されている金銅製のミニチュアは、非常に精巧に作られており、実際に布を織ることができるのである。この織機は古墳時代のものとされており、フタジたちの時代には機織りはヤマト各地で行われていた。

「機織り」とはなにかと一言でいうなら、多数の「経糸《たていと》」に一本ごとに「緯糸《よこいと》」を通すための仕事である。機織り機に上下の動きが異なる二つの「綜絖《そうこう》」を用いる。そのとき「綜絖通し」という経糸を一本ずつ交互に通しておく作業がある。

二つの綜絖は、踏板と連結しており、一方を踏むと半分の経糸が上に挙がり、手元を頂点とした三角形の空間ができる。そこに「杼《ひ》」と呼ばれるシャトルを通すことによって連結された緯糸《よこいと》が通される。通した緯糸は「筬《おさ》」という櫛状の板で手前に引いて打ち込まれる。次にもう一方の踏板を踏み込むと、もう一方の綜絖に通された半分の経糸が上に挙がり、さきほど上がっていた経糸は下に下がる。新たな空間に反対側から杼を通していく。また筬を手前に引いて打ち込む。この作業をずっと繰り返すことによって、交互に経糸と緯糸が織り込まれて平織りの布ができていく。

原理は簡単であるが、この綜絖という道具が考え出されたことにより、いろいろな素材の糸を用いて多くの種類の布織物を、人は手に入れることができるようになったのである。


フタジは、和妙《にぎたえ》をつくるために一心不乱に作業に打ち込んだ。細い一本一本の糸が機織りをつづけるうちに見事な布に変わっていくのである。機織りの仕事や機械の原理はとても簡単だが、出来上がった布地を手にした時の素晴らしさは何事にも代えがたいものがあった。あの一本の細い糸からとても美しい織物が出来上がることに、フタジは喜びと誇りを感じていた。昔から伝わる機織りを自分がしっかり受け継ぐことができる喜びであった。十日間交代で五人の織子たちは和妙を織り続けた。そして見事な布が出来上がったのである。

斎宮の倭姫《やまとひめ》は、出来上がった絹の布を手にして、大和からやってきた五人の娘たちにねぎらいの言葉をかけた。

「あなたたちが織られた和妙は、本当に素晴らしいものです。これなら天照大御神様も大喜びされるでしょう。

神様にささげる神御衣《かんみそ》は、織り子の技術や経験も大事ですが、澄み切った心、健やかな体、神へ奉納するという大役を任せられた誇りを持つことが大事です。今回できたこの衣をみれば、あなた方の心身の美しさが布に表れています。本当によく頑張りましたね。ありがとうございます」

倭姫《やまとひめ》の誉め言葉に、天にも昇るような幸せを感じたフタジたちであった。

春が過ぎて雨の季節がやってくる前に麻《あさ》の種を畑に蒔く。蒔いて数日すると発芽し、日々成長していく。四ヶ月もすれば自分の背丈以上に伸びてくる。

この時代衣服に用いられていた織物は、多くは麻（大麻《たいま》、苧麻《ちょま》）を素材としたものであった。麻は繊維として通気性があり、吸水性もみられる。水に濡れると強度が増してくる。光沢もあり、引っ張ったときに強いことでも知られる。着物以外にも、魚網、縄、蚊帳、下駄の鼻緒など多くの使途があった。種子は食用や生薬の痲子仁《ましにん》として、麻の実油は食用や燃料として使用された。

フタジたちは、二年目になると麻の種まきから栽培、収穫、そして葉や茎の繊維から時間をかけて糸を取り出して紡いでいくのである。機織りで荒妙と呼ばれる布地を作っていった。さらに布から衣服をつくることまで徹底的に学んだのである。

数日間の苦労の末、神に供える荒妙の織物が完成した。フタジの織った荒妙の布地を手にした倭姫は、手触りの良さ、肌理《きめ》の細かさ、生地の強さ、美しさに満足していた。

「あなたは生まれながらの素晴らしい機織りの才能を持っている。これ以上教えることは何もありません。これからもこのような織物をずっと造り続けてください。そして多くの娘たちにこの技術を教えてあげてください」

倭姫は、他の娘たちにも労いの言葉をかけた。

二年の勤めを果たした後、五人の娘たちはまた纏向の宮殿に帰ってきた。二年間の伊勢神宮での奉職は、素晴らしい機織りの技術を得ただけでなく、機織りの仕事を通して新しい国の礎となる自覚と誇りをもつこととなった。美しく大きく成長した娘たちの姿がそこにあったのである。

4　フタジの恋

ある晴れた初夏の昼下がりであった。フタジは、機織り工房の仲間の娘たち五人と、すぐ近くの森に疲れた身体を休めるため散策に出かけた。宮城や村に続く森を抜け出したところに少しばかりの高台があり、それは三輪山の麓の一部で、幼いころからフタジが大好きな場所で、美しい大和盆地が一望できる見晴らしの良いところであった。だらだらとした上り坂になっていて、そこに一番にたどりついたフタジは、少し遅れて付いてきたカンナに早く来るよう促した。カンナが上まで来ると、機織りに疲れた体を大きく伸ばし、深呼吸をして広大な盆地の景色を眺めた。フタジとカンナが一番好きな景色が目の前に広がっていた。盆地のずっと向こうには、二上山《ふたかみやま》が美しい稜線をみせていた。

フタジとカンナは息も切らせずに一気にここまでやってきたが、他の三名の娘たちは息を切らして休み休み登っていた。一緒にやってきた仲間たちがどこにいるのか振り返ってみたとき、

「キャー……」

という娘たちの絶叫があたりに響き渡った。少し小高い山に続く道の上から大きな猪が勢いよく下りてきて、フタジたちに向かって走りかかってくるのが見えたのだった。

「フタジ様、猪が、大きな猪が上から下りてきます。気を付けて」

と大きな声で叫んでいた。

大猪は山の上から勢いよく駆け下りてきて、フタジたちの前で立ち止まった。突然

のことで、二人の少女は立ちすくんで、後ずさりするだけであった。しばらく立ちどまってフタジたちを見つめていた猪は、二人をめがけて再び勢いをつけて襲いかかってきた。

その時である。どこからか縄にぶら下がって飛び降りてきた若者が、フタジたちの目の前に飛び降りてきた。同時に大猪は、猛進して彼らのすぐ近くまで駆け下りてきた。若者は、右手で持った先の鋭い石槍を、全身の力を込めて突進した猪の口の中に差し込んだのだった。猪の勢いで若者とフタジやカンナは弾き飛ばされたが、反対側に巨大な猪が上向きに倒れていた。口から入った石槍はその動物の体の中を貫通し、背中から外に槍の先端が出ていた。一瞬で大猪は絶命していた。

フタジは何が起こったのか分からなかった。自分のところに突進してくる猪を、誰かが飛び下りてきて助けてくれたところまでは覚えていた。後は横に飛ばされ二、三回転がっていたのだった。

助けてくれた人の顔は見ていなかったが、見なくてもフタジには分かっていた。こんな危険な時に助けてくれるのは一人しかいなかったのだ。

転がったので、両足と両腕に擦り傷ができていた。少し痛みがあったが、あの大きな猪に襲われたことを考えれば何もないに等しかった。

「フタジ、大丈夫か。怪我していないか」

　という懐かしい声が聞こえた。小碓の呼びかける声だった。

　目を開けたフタジは、

「やはり小碓様だったのですね。ありがとうございます。私を助けてくれるのは必ず小碓様ですものね。大丈夫ですよ」

　フタジは恥じらいを含んだ美しい顔を小碓に向けて立ち上がった。

「フタジ、帰ってきていたのなら知らせてくれよ。このような形でまた会うとは思わなかった。フタジに似た娘が山道を登っているのを山の上の方でみつけて、急いで下りてきたのだ。最近この近所では猪がよく出てきて、人を襲うので危ないと思い急いで追いかけたが、間に合ってよかった。相変わらず運の強い娘だな、お前は」

　フタジは、小碓の話を聴きながらも、じっと小碓の衣服を見ていた。あれだけ大きな猪と激しくぶつかり、地面で数回転んだにもかかわらず小碓の麻の着物は汚れがあるものの、破れたり、ほつれたりしていなかった。小碓の上衣は、よく見ないと分からない程度に染めてあり、それはのちに浅葱色《あさぎいろ》と呼ばれる淡い藍色だった。しっかりと着ているものを観察していた。

「もう大丈夫だとは思うが、住まいまで送っていこう」

そういうと小碓は娘たちを促して山道を下りて行った。小碓の仲間の子供たちが、手際良く小碓が仕留めた猪を木に結びつけ、四人で運んでいた。四人がかりでないと運べないくらい大きな猪で、かなりの量の猪肉が手に入ったことになる。

フタジ以外の娘たちは大変だった。小碓は、大王の後継者の資格を有する皇子であり、武勇に優れているだけでなく、類まれな美男であった。以前から宮廷に出入りする娘たちの一番の憧れの人であった。その皇子と、こんなに近くで一緒に山道を歩いていることが信じられなかった。この機を逃してなるものかと言わんばかりに、娘たちはいろいろと話しかけるのだったが、小碓も嫌な顔もせずに応じていた。フタジは黙ったまま みんなから少し離れてついて行った。娘たちが驚いたのは、フタジと小碓はすでに昔からよく知る仲だったということだ。大王の一族なのだからお互いを知っていても何ら不思議なことではないのだが、これまでフタジが小碓の話をしたことは一度もなかったのである。

フタジたちの住まいに近づいてそろそろ別れの時になったころである。小碓が突然
「フタジ、手を見せてみろ」

そう言ってフタジに近づき、いきなり両手をつかんだ。手を引っ込める時間もなかった。蒼く染まった両手を見ながら

「やはりな。ありがとう」

小碓は手を離し、自分の貫頭衣の胸の辺りをつまみながらお礼を言った。そして自分の居宅に向かってさっさと帰って行った。

周りの皆はあっけにとられていた。もうすでに陽が落ちて、木陰が長くフタジの顔を覆っていたため、その顔が真っ赤に紅潮していたことに誰も気付かなかった。

5　小碓とフタジ

二年の斎宮への奉職ののち、フタジたちは纒向の地に帰ってきた。大きな猪に遭遇して、間一髪のところで小碓に助けてもらったのは、帰ってからまだ一ヶ月足らずのことであった。宮中の行事もなく、小碓に会うこともできなかった。帰ってきたことを一番早く伝えたかったのだが、猪に襲われそうになった時に突然の再会ができたのだった。

それから数日の後のことであった。老女のマツノが、一心に機織りをしているフタジのところに駆け込んできた。

「フタジ様大変です、大変です。どうしましょう。ああ驚きました。びっくりしました」

「何ですか、マツノらしくもなく慌てふためいて。落ち着いて話してください」

「フタジ様、これが落ち着いて話せますか。あの小碓様とばったりお会いしたのです。なんと私に言付けをされました。『明日の夕陽が二上山に暮れたころ、箸墓の池の大きな松のところに来てください』ですって」

フタジは笑いながら、機織りを続けながら尋ねた。

「それは面白いですね。それでマツノは明日小碓様に会いに行くのですか」

マツノは、平気な顔をしているフタジにやきもきしながら、

「フタジ様、私が行ってどうするのですか。フタジ様に伝えるようにいわれたのです。しかも、あのお厳しいお母様など誰にも一切話さないようにと、きつくおっしゃっていました」

フタジの機織りの手が突然止まった。

「この前危ないところで助けていただいたので、改めてお礼を言わないといけないとは思っていましたが。何の御用かしら」

マツノは、フタジの心の奥底で小碓を慕っているのをよく知っていた。それが小碓に対する恋心だとはまだわかっていないようだった。

「小碓様のために一所懸命作られた着物のお礼を、フタジ様に直接おっしゃるつもりではないですか。ただお二人ともいいお年ですから、それ以上のことは私は知りませんよ」

と意味ありげにマツノは言った。

「そうですね。私の作った服をこの前着ておられたので、そのことを話したいのですかね。わかりました。明日の夜行きます」

フタジは納得した様子で、また機を織り出したのだった。

翌日、夕陽が二上山に沈むころ、フタジは箸墓の周りの池にある大きな松の木の下に来ていた。纏向の人里からやや山手にあるので、出会う人も少なかった。池のほとりから見える二上山に落ちる夕陽は、いつ見ても息をのむほどに美しかった。今日はこの場所に来るようにと小碓が言ってきたのである。あたりが徐々に暗くなってきて心細くなった時だった。突然後ろから目を覆われたのである。

「お姫様、誰でしょう」

「もう、びっくりするではないですか、今日は何の用ですか」

振り返ると、おどけた顔の小碓だった。

「びっくりさせるんだから」

と寂しかったせいもあり、小碓の胸に飛び込んでいた。

しばらく抱き合っていたのだが、ふとこれはいけないとフタジは手をほどき、真面目な顔をして
「今日は、どのようなお話でしょうか。着ている服のことなら、心配しなくても良いですよ。伊勢から帰ってきて、時間があったので暇つぶしに作っただけなのですから」

フタジは心にもないことを話していた。丹精込めて作り上げた衣服だったのだ。フタジは黙って見つめている小碓にさらに続けた。

「私が二年間いなくて、寂しかったですか。きっと毎日子供たちと朝から晩まで真っ黒になるまで暴れまわっていたのでしょう。それとも可愛い娘たちと仲良くされて、遊び呆けていらしたのですか。私のことなど思い出す暇もなかったでしょうね。あれから少しは政事《まつりごと》を勉強されましたか。あなたは、大王《おおきみ》になる資格を持っている方なのですから、しっかり政事を学ばなければいけませんよ」

小碓は久しぶりに聞く、フタジのお説教を笑いながら聞いていた。

「フタジ、私よりも一つ若いくせに、いつも母や姉のようなものの言い方をするんだ

ね。もっと可愛らしくしたほうがいいとおもうよ。結構美しいのだから」

「結構とは失礼でしょう」

と小碓の言葉に反発しながらも、顔を真赤にしてフタジは続けた。

「私は、あなたの叔母様になるのですよ。あなたの面倒をみるのは、私のお仕事なのです」

家系からいうと、フタジは、小碓の父親の大王の腹違いの妹なので、叔母に相当する。当時二人の結婚は許されるのだが、やはり近縁なのでフタジは小碓との結婚など考えたこともなかった。

小碓は急に真面目な顔になり、思いのたけをしゃべりだした。

「フタジ。私が小さいころから、あなたのことをずっと好きだったのを知らないはずはないでしょう。いつもあなたの笑顔が大好きで、遠くから見ていたのです。だからあなたに何かあった時は、すぐ助けに行ったのです。偶然ではないのですよ。今度も私はあなたが伊勢の地から帰って来たのを本当は知っていました。機織り工房から出て、五人で山道を行くのを遠くから見ていたのです。だから大きな猪が出てきて、あなたたちを襲おうとした時もすぐ駆け付けることができたのです。幼いころ崖から転げ落ちて、もう少しで川にはまりそうになった時も、遠くからあなたをずっとみていました。それで助けることができたのです。

子供のころから大好きなフタジに何かあった時には必ず助けようと思っていました。みんな偶然ではないのですよ。物心がついたころからフタジが大好きだったのですから。

あなたが作ってくれた薄い藍色のこの着物は本当に素晴らしいですね。私の寝所に置いてあったこの着物を見て、フタジが織ってくれたものだとすぐわかりました。柔らかくて、暖かく、ほんのりと優しい香りが漂ってくる。この着物を手にしたとき、大好きなフタジを妻にしようと思ったのです。この服を着ているといつもフタジと一緒にいるような気がしてくる。だがもうこれ以上離れていることは我慢できない、フタジ結婚してください。いつものように私に笑顔で妻になるとおっしゃってください」

小碓の話を聞いてから、フタジは後ろ向きになり、背中を震わせていた。涙が溢れて止まらなかったのだ。

フタジは和歌を詠んだ。

道の辺《へ》の　草深百合《くさふかゆり》の　花笑みに

笑みしがからに　妻と言ふべしや　（引用文献２）

［現代語訳］
道端の奥の草むらに咲く百合の花が、風に揺れてまるで微笑んだようにみえます。それと同じで私がちょっと微笑んだくらいで、妻にするとおっしゃって良いのですか。よくお考えなさい。

フタジは涙を拭いて笑顔で小碓に振り返った。民衆の間でよく流布されている流行り歌である。

小碓は笑いながら、やはり流行り歌で返した。

たらちねの　母が飼ふ蚕《こ》の　繭隠《まゆごも》り
いぶせくもあるか　妹に逢はずして　（引用文献３）

［現代語訳］
お母様が大事に育てている蚕が繭の中にこもって隠れている。あなたはその

蚕と同じように、お母様があなたを外に出さないように厳しく見張っています。だけど恋する人に逢わなければ、気が狂いそうになります。どうにかしてください。

という意味であった。

フタジは小碓の気持ちがわかったのか、真面目な顔で答えた。

「小碓様、私も小さいころからあなたが好きで好きでたまりませんでした。いつも私を助けてくれるのが、不思議でしたがいまの話を聞いてよくわかりました。私はあなた様に守られて本当に幸せものです。これからも私のことをずっと守ってくれるのですね。あなたの言うことはどんなことも聞きます。妻にしてください」

二人は、強く抱きしめ合いしばらくそのまま動かなかったが、やがてその場に倒れていった。周りはすっかり暗くなり、夜空には無数の星が煌めき、流れ星が次から次と二人に降り注いでいた。あたりを心地良い春の夜風が吹き抜けていくのだった。

第三話
大碓と小碓

1　美濃の国の美姉妹

大王が纏向の宮殿に帰ってこられた時は、五日に一度大王を囲んで一族が揃い、朝と夕の食事をとるのが決まりだった。大王には多くの皇子がいたが、世継ぎになれるものは厳格な決まりがあり、母親の身分、出自により決められていた。大王と一緒に食事ができるのは、日嗣《ひつぎ》の皇子の資格のあるものとその母親（皇后、王妃）だけであった。当時大碓《おおうす》と小碓《おうす》兄弟の皇子以外には、若帯日子命《わかたらしひこのみこと》（後の成務天皇）、五百木之《いおきの》入日子命《いりびこのみこと》の二人が大王の後継者である太子《ひつぎのみこ》となりうる資格があったのである。その中で、大碓と小碓の母は伊那毘能大郎女《いなびのおおいらつめ》といい、その他の兄弟と一緒に仲良く暮らしていた。

双子の兄大碓は、小碓と異なり人と争うことが大嫌いだった。遊び仲間の子供たちといつも取っ組み合いの格闘をしたり野山を走り回って体に傷痕の絶えることのない小碓とは異なり、犬、猫、兎などの動物を可愛がる心優しい人となりだった。そのころの大王は何時も戦いに明け暮れており、世継ぎの第一人者とされる大碓の軟弱な性格が不満だった。

そのころ美濃の国（今の岐阜県）の国造《くにのみやつこ》の祖となる大根王の娘にたいそう美しいと評判の姉妹がいた。愛姫《えひめ》と乙姫《おとひめ》という名だった。大王はこの姉妹を側室にするために、大和に来るように命じていた。命令を下して半年もたつが、その国からはまったく音沙汰がないままであった。もしかしてかの地の反乱の可能性もあると考えた大王は、大碓に姉妹を連れてくるようにと命じた。一緒に百名ほどの強力な兵士も同行させた。

戦うことが嫌いな大碓でも、大王の命令には背くことができない。大和纏向日代の宮から、現在の岐阜県、美濃の国に向かったのである。

夏の暑い行軍だったが、数日後山深い美濃の国にたどりついた。大碓には気がすすまない仕事だった。たくさんの妻妾を娶《めと》り、皇子だけでも二十人以上を産ませた大王が、この上さらに若い娘をはべらせようと画策しているのだ。いくら大王でも女狂いはいい加減にしろと言いたかった。大碓本人は父親に対する反発か、これまで若い女にまったく興味がなかった。

美濃の国の居城に入った大碓は、今回の来訪の目的を大根王に伝えて、反乱の意図がないのか尋ねた。大根王は大王に忠誠を誓っており、二心はないことを何度も繰り返した。しかし二人の娘たちに関しては、どこにいるのかまったく知らないと言うのだった。

大碓は大根王の居城には滞在せず、少し離れた兵士たちの宿営地に戻って、今後どうするか考えることとした。

2　姉妹の覚悟

翌朝二人の供を連れて深い山中を歩いた。山の上に立ってこの国の姿を一望したかったのだ。腰に短刀をぶら下げただけの軽装であった。朝霧が立ち込めて、ひやりとした空気はたいそう心地良いものであったが、日が昇ってくるにつれて暑い日差しが大碓たちに容赦なく浴びせられた。数日前の大雨で蒸し暑く、蚋（ぶゆ・ぶと）や藪蚊も次から次に襲ってきて、体にしつこくつきまとうのであった。

山の中腹に来ると清冽な水の流れる渓流があり、その水で咽喉《のど》の渇きを癒すことができた。さらに渓流に沿って登っていくと、割れた木の椀が浮かんでいた。この山奥に誰か住んでいるのかと訝しく思ったが、あたりは蝉の声がけたたましく響き合うだけだった。さらに進むと小さな滝があり、その岩壁をよじ登ると上にはかなり広い池があった。

池の淵に佇んだ時、その池のずっと奥から若い娘たちの笑い声が聞こえてきた。美しい二人の娘が裸のままじゃれ合いながら池の中で遊んでいたのだ。向こうはこちらに気づいていないようだった。二人の兵士を待たせて、大碓はその娘たちのそばに近づいた。

大碓は二人の娘のあまりの美しさに目を瞠《みは》ってしまった。両手で掴んでいた小枝が折れた瞬間、娘たちは人の気配に気づき大声をあげて一目散に逃げていった。大碓は娘たちを追いかけていった。着物を着ようとしている娘たちに近づいたその時、周囲から十数人の女たちが近づき、木刀、槍、弓をもって今にも飛びかからんばかりの形相だった。

恐ろしい顔付きをして竹槍を持った一人の女が、

「姫様に近づくことは許しませんぞ。指一本触れさせません」

女たちの気迫に一歩退いた大碓は慌てて言った。

「待て、私は大和からきた大碓という皇子だ。お前たちに決して危害を加えるものではない。私をここで殺したら、ヤマト朝廷に背いたとみなされ、大変なことになるぞ。何も心配しなくて良い。お前たちに危害は加えないから。この娘たちは、愛姫《えひめ》と乙姫《おとひめ》か」

姉らしい娘が返事した。

「私は姉の愛姫です。ヤマト朝廷の大王の側室になるようご命令がなされたと聞いていますが、私はそのようなことを受け入れるくらいなら死にます。そのような覚悟はできています」

妹娘も続けた。

「私も同じく死ぬ覚悟です。大和に帰って大王にお伝えください。いくら大王の力をもってしても、人の心を好き放題にすることは絶対にできないことを示す覚悟です」

二人は短刀を抜き、首の近くまで持ってきた。いつでも首を切って死んでしまう覚悟を見せつけたのだった。

「待て。おれは確かに大王の命令でこの地までやってきた。しかし人々を不幸せにするために来たのではない。きっと何か良い手立てがあるはずだ。必ずお前たちが幸せに暮らしていけるようにするので、命を断とうとすることだけはやめるのだ。お前らの意に沿わないことは、決してしないと約束する」

大碓の心のこもった言葉を聞いて、二人の娘たちは安心したのか泣き崩れた。必死の思いでこの地まで逃げてきたのだろう。大和の国の追手がここまで来て、ついに自分たちも最後かと覚悟を決めたのに違いない。これまで夜も眠られぬ日々が続いたことだろう。大碓のこの言葉に、一筋の光を見出せた喜びが美しい笑顔を際立たせた。周りの武器を持って集まっていた女たちも戦いの姿勢をやめて美しい姉妹と大碓を囲んだ。

そして姉妹たちと一緒に泣いていた。

「こんな山奥では食べるものにも事欠くであろう、かなり前からこの地に逃げてきたのであろうが、私とお前らの父母のもとに一緒に帰ろうではないか。その後のことは皆で考えるとしよう」

その日はここで泊り、明日下山することにした。同行した兵士の一人を宿営地に帰して、いらぬ心配をしないで良いことと明日帰ることを伝えた。兵士にはここでのことは決して言わないように命じた。

3　満天の星

その日も暮れ、山頂から見る満天には眩《まばゆ》いばかりの美しい夏の星が広がっていた。この世の中にこんなに美しい星空があったのかと、大碓は大の字に寝そべりながら天空をじっと見つめていた。

そのとき女の声がした。

「大碓様、何も食べておられないのではないですか。餡餅《あんもち》があります。どうぞお食べください」

愛姫であった。侍女を従えてやってきたのである。

「いやお前らの大事な食料を食べるわけにはいかない、皆で食べるが良い。一晩食べなくてもなんということはない」

愛姫は愛くるしい顔で笑った。

「明日里に帰るのでもう食料の心配はありません。ここまで登ってこられたのですから、かなりお疲れになられたはずです。従者の方には差し上げましたので、遠慮なく食べてください」

旨そうな餡餅であった。空腹には勝てなかった。

「そうか、申し訳ないがいただくこととしよう」

疲れた体には本当に旨い食べものであった。よく味わいながら食べた。

「美味しかった。この地にはこのように旨いものがあるのだな。それに美しい山々、満天に宝をちりばめたような美しい夜空、本当に素晴らしいところだ。できることなら、このようなところにずっと住んでみたいものだ」

「あら、大和の地も素晴らしいところだと聞いています。大碓様は大王になられるのではないのですか」

「姫よ、あの星空を見てごらん。このような大きな宇宙の中の輝くばかりの星を見ていると、自分の小ささを思い知るようになる。大王になって毎日戦いに明け暮れることにどんな意味があると思うか」

愛姫は大碓の問いには答えずに尋ねた。

「今宵は本当に星が美しいですね。大碓様はどの星が好きですか」

「美しい星はたくさんあるが、私の弟の小碓は南の空に輝く真っ赤な星が好きなんだ。夏の熱いころに輝くので早星《ひでりほし》ともいう」

大碓は南の空に大きく赤く輝いている星を指さした。その星は他の星を威圧するように、ひときわ真赤に光り輝いていた。

「小碓は子供のころから、元気で暴れまわっていて、いつも体のどこかに怪我をしていたな。今では誰にも負けないくらい強い男になった。私の双子の弟で、まっすぐの気性の優しい奴なのだ」

愛姫は黙って大碓の話を聞いていた。大碓はさらに続けた。

「私は天空の北にあまり目立たず、静かに輝いている北極星にひかれます」

「北極星はどの星ですか」

愛姫は大碓の真横に来て、肩が触れるほどに近づいて一緒に夜空を眺めていた。柄《ひ》杓《しゃく》の形をした北斗七星を指差して教え、その先端の二つの星の長さを五倍にした位置にある星が北極星だと教えた。

「北極星はそれほど明るい星ではないのですね。静かな星なのですね」

「そうだね、そんなに明るい星ではない。だけど夜空の星はみんなあの星の周りを回っているのだよ。この宇宙のすべてがあの星を中心に動いていると考えると、自分は一体何に支配されているのだろうかとつい考えてしまう」

愛姫は熱心に大碓の話を聞いていた。今度は大碓が尋ねた。

「愛姫は、どの星が好きなのですか」

愛姫はその問いにぽーっと顔を赤らめたのだが、暗いので大碓には分からなかった。星を指さしながら愛姫は話した。

「私の大好きなのはあそこに見える織姫星でございます。その上に大きな天の川があり、川の向こう岸にある大きな星が牽牛星《けんぎゅうせい》でございます。こういう伝説があるのをご存じですか。一年に一度だけこの二つの星は会うことができると言われています」

愛姫は、大陸の漢の国から伝わったとされる天の川伝説を話した。

そんな話を二人は夜遅くまで、星を見ながら続けたのだった。愛姫の付き添いの老婆は、いつのまにかこっくりこっくりと眠りにふけっていた。大碓に対して、愛姫は心の底から打ち解けて、信頼しきっているようだった。

東の空が茜色に染まる頃まで二人はいろいろなことを話し続けたのだった。

翌日愛姫の供の案内で、昨日登ってきた道とは別の道を下りながら帰ることとなった。総勢十数名だった。愛姫は大碓の後ろから離れなかった。一夜の逢瀬でもう愛姫にとって大碓は離れることのできぬ人となってしまったようだが、本人にはそれが恋心とはまだ感じていなかった。

妹の乙姫はそんな二人を見ながら、いつも自分から決して離れることがなかった姉の振る舞いが寂しかった。いつか男に嫁ぐことは知っていたが、姉のわずか一夜での変化に驚いていた。昨夜は姉の帰りをずっと待っていたのだが、とうとう明け方まで戻ってこなかった。一睡もせずに待っていたのだ。姉と離れたことがない乙姫には、大碓のことが憎らしくて仕方がなかった。

大碓と愛姫たちの集団は川沿いの道を下っていった。数日前の雨で川の水量は多くなり、流れは激しかった。注意深く流れに足を取られないように下りていくのだった。先頭の集団の中にいた大碓と愛姫が、後続の人たちの到着を待って休んでいるときだった。

後ろから大きな声で助けを呼ぶ声が聞こえた。乙姫が足を滑らせて川の中に転落してしまったのだ。数日前の大雨で川の流れは急で、水の量も豊富だった。乙姫はみるみる下流に流されていった。しばらく流された先には大きな淀みがあり、深さが五尋《ひろ》ほどもあるところまで流されたのだった。乙姫は泳げずバタバタと手を上げて助けを求めるのだが、女ばかりの集団で、誰もそこまで助けに行けるものはおらず、ただハラハラしながら見ているだけであった。

その時だった。立ち上がった大碓は川に向かって走り出し、川下でバタバタしている乙姫を目指して、川の中に飛び込んだのだった。必死で助けを求めている乙姫だったが、途中で力尽き大碓が近づく前に溺れて見えなくなってしまった。近づいた大碓は水の中に潜り、しばらくしてぐったりした乙姫の体を持ち上げた。必死に抱え込みながら岸に向かった。かなりの距離があったのだが、凄まじい形相をした大碓の泳ぎに一同は息を飲んで見つめるのだった。

岸にたどり着いた大碓は、口の中に指を入れ背中を叩いて飲み込んだ水を吐き出させた。かなりの水を嘔吐したが、未だ呼吸をしていないので、鼻をつまみ直接口から息をふきいれたのだった。これを二、三回繰り返した時、乙姫はやっと大きな呼吸をした。しばらく呼吸を繰り返してから大きな目を開けたのだった。大碓は子供のころから泳ぎが得意だった。溺れた子供がいた時、大人が助けるのを見ていたのだが、それを思いだしてやってみたら乙姫が息を吸いはじめたのだった。

すぐ後ろで見つめていた愛姫は、意識の戻った乙姫に泣きながら抱きついた。

「良かった、助かって良かった。私は何もできなくてごめんね。決して決して私から離れないでね」

乙姫は、助けられたのが早かったせいか、しばらくすると意識もはっきりして元気に体を起こした。流された後のことはまったく覚えていなかった。

大碓の超人的な働きに対して、人々は皆礼を言い喜びあったのだった。泣きながら愛姫は大碓に礼を言った。

「大碓様、あなたがいなかったら乙姫は助からなかったでしょう。本当にありがとうございました」

「姫が無事でよかった。これからもまだ危険なところがたくさんあるのでみんな気をつけて帰ろう」

大碓は何事もなかったように言って、帰途についたのだった。帰りは、大碓の後ろには、愛姫、乙姫の姉妹が、ぴたりと離れずに付き従って行くのだった。大和の地からやってきた若者大碓を、娘二人も付き添いの女たちも、みんな今は信頼しきっていた。若者を見つめる二人の娘たちの眼差しは昨日とは明らかに違うものだった。

4　大碓大和に帰る

それから数日後、大碓は二人の娘を連れて大和に帰ってきた。百人の兵士たちは、整然と行進して大王の宮殿に向かった。美濃の国の特産物をたくさん持ち帰ってきた。

大碓は二人の娘を横に連れて、大王に報告した。

「大王の言われていた通り、愛姫と乙姫、二人の娘を連れてまいりました。私の仕事はこれまででございます。失礼いたします」

大碓はさっさと逃げるように宮殿から出ていった。あとに残された二人の娘は、大王の前で恥ずかしそうにしていた。世の噂になるほどの美女のはずだったが、かなり太めで色黒であり、見るからに健康そうな娘たちだった。周りの者たちが不審そうにひそひそと話をしていた。

じっと二人の娘を見ていた大王は、苦笑いしながらこう言った。

「二人とも遠いところを大変だったな。ゆっくり休んでいくが良い」

大王の前で緊張していた二人は、優しい言葉に驚いていた。別室で、くつろぐことになった二人だが、それ以後大王に謁見することは二度となかった。

その数日前のことである。大碓が山奥から大根王のもとに二人の娘をつれ帰ってから、今後のことが話し合われた。

二人の娘は、父親の大根王に対して、決して大和にはいかないこと、そして二人とも大碓に嫁ぎたいと、口をそろえて言うのだった。大碓は二人を嫁にすることは断った。しかし娘二人を連れ帰るわけにもいかず思案に暮れていた。そのとき大根王の遠縁となる家来の娘二人が、愛姫、乙姫の代わりに大和に行って大王の側室となっても良いと申し出た。とても美形とは言えない二人だったが、その申し出を大碓は受けることにした。

美濃の国から貢物をたくさん受け取り、大和の国に帰ったのだった。そして二人の身代わりの娘たちを愛姫、乙姫だということで通すつもりだった。そこで何が起こっても自分が責任を取るつもりで大王にまみえたのだった。

大王との会見の席では何事もなかったが、察知されているらしいことはわかった。大王はそのことに関しては何も言わなかった。

5　大御食《おおみけ》と大王の命令

それから大王を囲んで開かれる定期的な食事の会（大御食《おおみけ》）が数回開かれたが、大碓は一度も出てこなかった。

小碓に向かい大王は言われた。

「大碓はなぜ大御食に出てこないのだ。日嗣《ひつぎ》の御子となりうるものは、必ず出てくるように言ってあるはずだが。お前から、大碓に必ずやってくるように、教えさとしなさい」

小碓は兄が美濃の国にまた行ったのを知っていた。今度は二度と大和には戻ってこないつもりで出かけたのだった。

兄の勝手な行動には困ったものだが、大王から強く言われたことをどうすれば良いか考えていた。


大碓が美濃の国に行く前の日に、兄弟二人は久しぶりに会った。

「小碓よ、私は大和の暮らしがもう嫌になった。今回美濃の国に行きいろいろな経験をして、自分も人の役に立つことがあるのではないかと思うようになった。二人の娘が私の嫁になりたいと言っているのだが、そんなことをしたら私が軽蔑していた大王と同じことをしてしまうことになる。それだけは断ろうと思ったのだが、ただむこうで娘たちと一緒にいる時は本当に楽しかった。こんなに楽しいことがあるのを初めて知ったのだ。あの娘たちや、一族を守ってやることが、自分の大切な仕事のように思うようになったのだ。私にはヤマトの国をどうこうしようとは思わない、お前に任せたい。お前にはその力があると思う。私はここを出ていくつもりだが、なんとか私に力を貸してくれないだろうか」

「生まれてからずっと一緒だったお兄さんと別れるのは、とてもつらいのですけれどいつかはこうなる運命ですね。お兄さんは美濃の地で、精一杯頑張ってください。そしていつまでも幸せに暮らしてください。私はずっと大碓兄のことは忘れません」

「小碓ありがとう。お前が父の後継ぎとなってこの国を一つにしてくれると信じている。それがどんなに難しいことでもお前なら必ずやり遂げることができる。私も遠くから見守っている。体にはくれぐれも気を付けるんだよ」

双子の兄弟は、手を取り合って永遠の別れをしたのだった。


小碓は、友人のトモミに、若い男の行き倒れなど死んでしまったものがいないか調べてもらった。すると二十歳過ぎの兵士で、喧嘩の末殴られて死んでしまったものがいた。顔を殴られているので、人相もよくわからず、かなり無残な傷痕が体のあちこちに残っていた。小碓は、丁重に体を清めて大碓の着物を着せ、薦《こも》に包んでから棺に入れた。トモミに事情を話して、これは大碓の遺体だということとした。

翌日の恒例の大御食《おおみけ》には、いつものように大王をはじめ皆がそろったが、当然大碓の姿がなかった。

大王はとても立腹して、

「小碓よ、大碓にこの大御食にでてくるよう教え諭しなさいといったと思うが、出てこないではないか。大碓はどうしたのだ」

小碓はことともなげに言った。

「大碓にはしっかりと教え諭しました」

「どのように諭したのか」

「朝、厠に行こうとしていたときに、引っ張り出して棒切れで体中を力いっぱい殴り、手足を折ってやりました。息絶えたので、遺体は薦に包んで斎場に置いておきました。これ以上の教え諭し方はないでしょう。大王のおっしゃられることに従われないのだから、これは当然の報いだと思います」

食事を摂っていた大王の一族は、小碓の言葉に驚いて大騒ぎになった。それを聞いて驚いた大王は、事の真偽を従者に確認させた。帰ってきた従者は、斎場の遺体について大王に報告した。

「教え諭せと言ったが、殺してしまえとは言ってないだろう」

大王は大声で怒って自分の居室に帰ってしまわれた。

小碓の思惑通り、大碓が死んでしまったことが確認された。この事件は徐々に噂として広まり、それ以後小碓のことをみんな恐れるようになった。さらにこのことは小碓のそれからの運命に大きな影響を与えることとなった。

大碓は結局二人の姉妹を娶ることとなり、姉の愛姫との間に押黒之兄日子王《おしぐろのえひこのみこ》、妹との間に押黒之弟日子王《おしぐろのおとひこのみこ》を授かった。美濃の国で一生幸せに暮らした、子供たちは有力な一族の先祖になったとされている。ただし小碓は後世まで、兄殺しの汚名を着せられることとなるのである。

第四話　小碓西へ

1　大王の詔

眩しい日差しが肌を刺す夏が続いていた。大王は小碓を纏向日代宮《ひのしろのみや》の宮殿に呼び、詔を発せられた。

「遠く九州の南に熊襲健《くまそたける》という兄弟二人がいる。彼らはヤマトの国にいつまでも服従しない無礼野蛮な者たちである。しばしば反乱をおこして、自分たちの国を広げようとしている。お前が彼らのもとに行って平定してきなさい」

九州の南の球磨《くま》、薩摩《さつま》、大隅《おおすみ》には、熊襲と呼ばれる一族があり、以前よりヤマト朝廷の大王自らが度重なる遠征をおこない戦ってきた。頑強に抵抗を続けており、しばしば反乱を起こしている。この熊襲の一族をヤマトの国に服従するよう戦ってこいという勅命であった。

この時小碓命は、武勇にすぐれ強く荒々しい気性を持っているとはいえ、まだ十六歳の少年であった。成人する前の皇子を総大将として戦に差し向けるというのは、これまでヤマト朝廷の歴史ではないことであった。

「大王。熊襲と戦うのはわかりましたが、どのような軍勢を連れて行けば良いのでしょうか」

「小碓、戦いには強い兵がいれば勝てるというものではない。戦うための方策が必要である。優秀な部下たちと作戦を練ることも重要である。お前は若いのだから、良い部下を自ら集め、彼らに慕われるようにならなければ、戦いを始めることも勝つこともできまい。彼らと力を合わせて戦うのだ。伊勢大神《いせおおかみ》の倭姫のもとに行っていろいろなことを教えてもらうことだ。あの姫は、大神様といっしょに方々の国を廻っておられるから、各地の歴史、人、風土にたいそう精通しておる。教えを請えばお前に必要なものを、すべて用立ててくれるはずである。戦いに必要な人物も教えてくれるはずだ。姫の言葉を生かすも殺すもお前にかかっているのだ」

大王から預けられた兵士は少なく、自分で見つけて連れて行くようにという事であった。

2 伊勢神宮の倭姫《やまとひめ》

大王からこのような言葉を賜り、伊勢の地にやってきたのである。纒向の宮殿内では、兄大碓に対して行った残忍な仕打ちに大王が怒り、このような困難な仕事を若い小碓に命じたのだと評判が立っていた。大王が自ら遠征したにもかかわらず、服従しなかった熊襲一族である。若い小碓に、彼らを打ち破る力はないとほとんどの人たちは考えていた。大王は小碓が熊襲に敗れても構わないと考えて、九州の果てに遣わすのだと思われていた。

小碓は、そのようなことはまったく感じておらず、自分の命じられた任務を全うしようと考えていた。稗田家のトモミが今回も付き従ってきた。今後の戦いの準備をするために二人で旅立ったのだった。

五十年以上前まで纒向近くの三輪山に祀られていた天照大御神は、その後各地を転々とされ最後に伊勢の地に祀られている。大神の御杖代《みつえしろ》として、現在付き従っておられるのは斎宮の倭姫《やまとひめ》（倭比売命《やまとひめのみこと》）で、小碓にとって叔母にあたる。垂仁天皇の皇女で今の大王（大帯日子淤斯呂和気《おおたらしひこおしろわけ》：後の第十二代景行天皇）の同母妹で、大王の信頼は非常に厚かった。

当時伊勢神宮は、「伊勢大神の宮」と称せられ、質素な建物であった。大神を祀る本殿と、斎宮や従者らの住む住居二棟だけの造りであった。

小碓は本殿に招かれ斎宮と対峙した。天照大御神の神域のなかでの緊張する面談であった。小碓から話し出した。

「倭姫様、お久しうございます。大王の子　倭男具那《やまとおぐな》、別名小碓と申します。つつがなくお元気そうで安堵しました。私はこのたび、父大王から熊襲の征伐に行けとの詔をいただきました。その時、伊勢の倭姫様からいろいろと教えていただくようにと、ご沙汰をうけて本日罷りこした次第です」

「小碓と言いましたか。あなたが幼いころ、三、四歳くらいですかね。悪いことばかりする悪戯坊やで、お世話係の女官たちが困っていたのを覚えています。こんなに大きく立派になられたのですね。でも髪を額で結っているので、成人には達していない。若いのに大変なことを大王はお命じになられたのですね」

この時、小碓は十六歳で成人となる前であった。髪型をみれば成人したかどうかわかるのである。

「あなたはまだ若いので、決して無謀なことはなさらないでください。あなたには、この国のためにやり遂げなくてはならないことがたくさんあるのです。命を無駄にしてはいけませんよ」

そう言いながら、倭姫は小碓の前に御衣《みそ》、御裳《みも》、短剣を置いた。

「ここにあるのは、大神に奉納された大切な品々です。あなたの無事を祈って大神様から戴《いただ》きました。大神様のご加護もあることでしょう。この御衣と御裳は大神様のためにフタジが全身全霊を込めて織ったもので誂《あつら》えたものです。それを小碓が持っていくのも何かの縁でしょう。これを持っていけばきっと役に立つことがあるでしょう」

小碓はうやうやしく受け取り礼を述べた。倭姫は、フタジが小碓の后になることを知っていた。

「ありがとうございます。戴いたものを、大事に持っていきます。大神様のご加護があることを祈っています。ところで倭姫様、私は弓をよく射るものを連れて旅立ちたいのですが、どなたかご存じないでしょうか」

倭姫は少しばかり考えていたが、ふと思いついたのか話し出した。

「美濃の国に弓の達人がいます。弟彦公《おとひこのきみ》という名の者です。その人は、弓の術に優れているだけでなく、世の中のことをいろいろと知っておるので、あなたが疑問に思っていることを何でも尋ねてみてごらんなさい。きっとあなたの役に立つことを教えてくれるはずです。葛城に宮戸彦《みやとひこ》という者がおる。その者は弟彦公と親しくしているので、一緒に訪ねてみれば良いでしょう。私が大神様と四年間滞在した桑名野代宮の近くに、その方の住まいがあるはずです」

倭姫は、そのように話されたのだった。小碓は、御衣《みそ》、御裳《みも》、短剣を戴いて倭姫のもとを辞したのである。

3　弟彦公《おとひこのきみ》

小碓は伊勢の神宮から倭姫に教えられた弟彦公に会うために、美濃の国に向かった。彼のことを調べると、この国では昔からよく知られた弓の名人であった。年のころは四十歳前後で、空を飛ぶ鳥を地上から射ち落としたり、川向こうの的を寸分たがわず打ち抜いたりできるとの評判の男だった。小碓はどうしても自分の軍勢に連れていきたいと考えた。

この弟彦公は、若いころに朝鮮半島や大陸で長年暮したことがあり、かの地の歴史や地理、学問に精通していることでも有名であった。　小碓は、いろいろと世界のことを教えてもらいたいとも考えていた。

葛城の地に宮戸彦を訪ね、美濃の国にいる弟彦公に自分の加勢をしてくれるよう頼んだ。宮戸彦はこの地の兵士を束ねる兵士の頭で、弟彦公とは年も近く若いころからの昵懇《じっこん》の仲であった。大王が遠征に行くときは何回か同行したことがあるという。宮戸彦は小碓の用件を伝えに弟彦公を二、三回訪ねた。そのたびに、

「私はもう戦などに行きたくない。山と海に囲まれたこの地でのんびり生きていくのだ」

と断られたという。

小碓は、自分に加勢してくれるよう直接頼むために、宮戸彦と一緒に弟彦公を訪ねることにした。

数日後弟彦公の居宅を訪れたところ、弟彦公は不在ですぐ近くの里山である多度山《たどやま》という小高い山の上にいるらしい。珍しい客人が訪ねてきたせいか、集落の村人が多く集まってきた。この村は裕福な土地らしく、住民は皆顔色もよく子供たちも元気に遊び回っていた。

小碓が長老に訊ねた。

「今から弟彦公に会いたいが、これから二人で山の上に行けば会ってくれるだろうか」

「大丈夫だ。きっと会ってくれるだろう。あなたたちがやってくることを知らせておこう」

と長老は笑顔で答えてくれた。

山道を登り始めると、今訪れた村のはずれから狼煙《のろし》が上がっているのがみられた。我々の訪れを弟彦公に知らせているのだろう。それから山道を一刻も歩いただろうか。山の上の大きな岩の上に、寝そべって紺青の空をじっと見つめている男がいた。小碓は大声で弟彦公に向かって叫んだ。

「弟彦公、私はあなたに会いに来たのだ。近くに行っても良いか」

それを聴いた弟彦公は、こちらに来いと手招きをした。二人は大きな岩の上にはいつくばりながら登った。伊勢の海、濃尾の国の広大な平野、そして北側には遠く伊吹山まで見渡すことができる素晴らしい場所で小碓は弟彦公と出会った。

「おれに何か用か。戦について行く話ならもう断ったはずだが」

ぶっきらぼうに弟彦公は尋ねた。小碓は丁寧に答えた。

「私は大和の国から来た小碓というものだ。あなたにいろいろと教えてもらいたくて、やってきたのだ」

「小碓と言うのは、ヤマトの大王《すめらみこと》の皇子のことか。ヤマトは領地を次々と拡げて、今やこの国のかなりの地域を支配する大きな国になったな。この美濃の国は大昔からヤマトの国の中に入っているが、辺境の地では反乱を起こす国がしょっちゅう出てくるので大変だな。そのヤマトの大王に、乱暴で危なっかしい息子がいて、喧嘩は強いが、頭の方はからっきしだめな奴と聞いている。それがあなたか。俺に何の用なのだ」

「ハハハ、そんな噂がこんなところにまで届いているのか。私のことを知っているのなら話は早いな。この世の中、本当の姿とはどんなものなのか私に教えて欲しいのだ。この大八島のなかにある小さな国々のこと、西の大海の向こうにある大陸や朝鮮半島にある国々のことなど、実際にそこに行って見てこられて、あなたはたくさん知っていると聞いたのだ。それを教えてほしいのだ」

この問いかけの間に、弟彦公は若者の目をじっと見つめた。若者の目の中には、大海のような広大で奥深い世界が広がっていた。どんなことでも吸収して自分の力にしたいという強い意志を垣間見ることができたのである。

寝ころんでいた弟彦公は、起き上がり胡坐すわりになった。

「先ほどは、頭の方がからっきしダメな息子などと失礼なことを言ってしまったが、本当はすごいお方と会ってしまったのかもしれない。失礼は許してください。あなたはこの国をどのようにしたいのか」

小碓はこれまでのいきさつを話した。

「大王に命じられたのだが、西南の地に熊襲という国があり、その一族が今もヤマトの国に従わないので、行って征討してくるようにとの命令だ。このことに関してあなたの考えを聞いてみたいのだ。戦いに行って勝つか負けるかはわからないが、はたして行って戦うことは意味のあることなのだろうか。大王が自ら二回ほど出征したにもかかわらず、今もヤマトの国にしばしば反乱を起こしている」

弟彦公は考えながら答えた。

「あなたは、もう十分に自分の使命に気づかれていると思うが、まだまだその意味のよくわからないところがあるというのだな。一つの国をつくること、まとめることで、人々が本当に幸せになれるのかと常に自問しているようだな。例えば熊襲の人たちもその地の王のもとで、幸せに暮らしているであろう。わざわざ自分が出掛けていってのだな。強い力でヤマトの一つとして支配することが正しいことであるのか悩んでいるのだな。おれの知っていることを話してみよう。それをどのように解釈するかはあなた次第だ」

小碓は、自分が常日頃考えていたことを鋭く指摘されたことに驚いた。この人は自分の力になってくれるかもしれないという確信が湧いてきた。

4　大陸の大国

弟彦公は話し出した。

「まず海の向こうの大陸にある大きな国は、私たちが暮らしているこの国をどのようにみているか話してみよう。もう五百年以上前の大昔のことだが、漢という国の前に秦という国があった。戦争に明けくれる大陸の国々を、初めて統一したのが秦の始皇帝という人だ。たくさんの国を従えて大きな国になってからは、もう怖いものがなくなった。しかしどんなに権力を握り、強い軍隊を持ち、世界の財宝を手に入れ、多くの美女を思いのままにできるようになっても、叶わないものが一つあった。それは人間誰にでもある肉体の老いと死である。彼はこれに逆らうべく、不老不死の薬を捜し求めて自分のところに持ってくるようにと、徐福という人を蓬莱の国に遣わせたという伝説がある。もちろんそんな薬があるはずがないので、徐福は蓬莱の国に行ったまま帰ってこなかったそうだ。蓬萊の国がどこにあるのかよくわからないが、我々が住んでいるこの大八島の国であると昔からいわれている。

大陸を一つの国にまとめあげた秦の始皇帝でもかなわないことがあったのだ」

弟彦公は中国を統一した始皇帝の話からはじめた。

「大陸には大きな国がありとても強大な国だが、なぜそのように強い国になったのだと思われるかな。いろいろといわれているが、私はその国に大昔からある文字がそのような強い国にしたと考えている。私たちは大昔からお互いに話す時『言葉』を使ってお互いの意思を通じ合っている。言葉というのは大切なもので、言葉を使わない人はいない。しかし話をしているときの言葉は、そのときだけですぐに消えてしまう。いくら物覚えの良い人でも、その記憶には限りがある。言葉を記録するには、文字というものが必要なのだ。

多くの人たちが文字を理解して使うことができるようになれば、その国の力は大きく向上する。その国に住んでいる人々の数、国の大きさ、毎年の農作物の収穫量、天候・天文・暦など宇宙の知識、国の歴史、人の思想、宗教、生活のありようなどを、すべて文字で記録することができる。そして後の子孫たちに伝えることができる。国の仕組みも整えることができるのだ。

国を守っていくためには、その国の記録を残していくことがとても重要になってくる。その記録を繙《ひもと》くことによって、政《まつりごと》を継続していくことができるようになる」

大陸の国には今は漢字と呼ばれている「文字」があるので、時の権力を握る王朝がどのように変わろうとも、それまでの出来事がすべて記録されている。だからあやふやな記憶に頼らずとも、書いてあることを読み返せばそれを参考にして、政《まつりごと》を進めていくことができると言った。

さらにかの国には、「論語」や「大学」「諸子百家」など古くから伝わる人間の生きる道、理想を記した書物が多数ある。さらに西方のインドというところで釈迦牟尼《しやかむに》という聖なる人が説いた言葉を記した仏典も伝わっている。すべて文字で記されており、人間の思索を高いところに導いてくれる文化を次の世代に伝えることができるとも話した。

文字による記録、記憶が国の存在の根本にあるという考えを弟彦公は話した。小碓は文字というものの存在を知っており、実際にみたこともあった。それが国の基本になるという弟彦公の言葉をとてもよく理解できた。

「その国では、何百年もの間に多くの国々が興っては滅びることを繰り返しているが、文字があるおかげでいろいろなことが記録されており、それを理解したら、私たちのようなよその国の人間でも昔のことを知ることができる。大昔ヤマトの国ができる前に、私たちの先祖は『倭人《わじん》』として前漢の歴史書に登場している。倭人は百国以上の国に分かれていたそうだ。今から三百年前の後漢の光武帝の時代には、倭の奴国が朝貢してきたので印綬を与えたという記録がある。さらに時代が下り約百五十年くらい前に魏という国が我々の国のことを記録している。三国志東夷伝という本だが、それによると『邪馬臺国《やまたいこく》』という倭人の国があり、そこには卑弥呼という女王がいて、国をまとめていたと記載されている。魏は朝貢してきた倭人に、『親魏倭王《しんぎわおう》』という国印を与えたということ、その女王の死に際して大きな墳墓が作られたということなどが書いてある。現在でもそうだが、四、五年に一度我が国から大陸の国に使者を出しており、大陸の有力な国からもこちらの様子を見るためにときどき使いがよこされている。海を隔ててはいるが、意外と近い国なので、お互いにそれとなく相手を知っておく必要があるということだ」

大陸の大きな国から見たヤマトについて小碓は興味を持った。

「あなたはどうしてそんなに詳しく他国の歴史を知っているのですか」

「私は大陸の国に行って、その国の姿を直接見たかったのだ。若いころ筑紫に来ていた晋《しん》の国の人にその国の言葉や、文字を一年ほど習った。その後ヤマトの国の晋への使者に加えてもらうことができた。建康《けんこう》（南京）というその国の都のある街に行き、そこで五年間いろいろと学ぶことができた。

当時大陸の北側は遊牧民や、騎馬民族の覇権争いが激しく、絶え間なく戦争が続いていた。晋という国は、昔は洛陽《らくよう》というところに宮殿があり栄華を誇っていた。しかし北方の民族による攻撃により約五十年前に滅ぼされた。その後皇帝の一族が大陸の南東に逃げて『建康《けんこう》』という地に都をたてて現在まで続いている。以前の国と区別するために、新しい国は『東晋《とうしん》』と呼ばれることもある。この国は北方の民族が建てた国としばしば戦っており、また国の内部の諸侯からよく反乱があり、国を維持するのが大変なのだ。そのため、朝鮮半島やヤマトに対する関心は幸い少ないようだ」

当時中国の北方では五胡十六国という群雄割拠の戦乱の時代であり、南は東晋が国を維持していたものの非常に不安定であった。当時の東晋を中心とした東アジアの情勢を、その首都である「建康」に行き、弟彦公は見てきたのだ。その後朝鮮半島の高句麗や百済にも行ってきたという。

小碓は訊ねた。

「ヤマトの国には、各地でおだやかに暮らしている人たちがたくさんいる。彼らは今のままが一番幸せなはずだ。誰からも強制されずに、楽しく暮らしていけばそれにこしたことはない。それを力ずくで従えていくことは、意味のあることなのでしょうか」

いつもひっかかっていたことを率直に聞いてみた。

「小碓様、その通りだ。幸せに暮らしている人たちを武力で服従させて、収穫物を税として奪い取る、地域の特産物を貢がせる、一部の若い男は兵士として召集する。これは悲しい現実である。できることならそのようなことが必要のない世の中を作りたいものよ。ただ私たちはこの地で何代にもわたって生きているが、もしこの地をほしがるような人間が海を渡って入ってきて、我々を追い出してしまったらどうするのだ。我々に行くところはあるのか。東の涯には何があるのか知っているか」

「とても大きな海があると聞いているが」

「その海を越えてたどりつける安住の地があるのか。大きな海の向こうには、行けども行けどもずっと海。住めるような島はないのだ。北に行けば極寒の地があるが、温暖な気候に慣れた我々が住めるようなところではない。冬になれば、すぐ凍え死んでしまう。つまり我々には、この大八島の国から出て行って幸せに暮らしていくところはどこにもないのだ。

この国の伝説では、神々が創られたこの地は、我々が暮らしていくために約束された島々とされている。神がお創りになられた土地を我々に与えてくださり、ここで神々のご加護のもと幸せに暮らすことができたと教えられている。ずっと大昔から我々の先祖がこうして幸せに暮らしているから、それを神が約束してくれた土地なのだと考えるようになったのかもしれない。神々が用意してくれたかどうかは別にして、素晴らしい大地に我々が幸せに暮らしてきたことは間違いない。この地を奪われたら、私たちが生きていくところはないので、征服されたらその国に隷属して生きていくしか道はないと思う」

小碓はさらに尋ねた。

「我々の住んでいるヤマトの地に戦をしかけて、奪い取ろうとする国があるのですか。そんな大変なことをしようとする国が本当に現れるのですか」

「そのような国はないかもしれないし、ないように祈りたくなる。しかし、これからどのようなことが起きるかは、まったく考えつかないのだ。大昔のことだが、大陸の漢の国はとてつもなく大きな国であった。この国は今は滅んでしまったが、朝鮮半島や遠く雲南の地にまで国の勢力を広げた時代があった。その国の人たちと戦いになったことも記録に残っている。私たちに出来ることは、どのようなことが起こっても対処できる力を持っておくということだ。

私は誰からも支配されるのは嫌だし、支配するのも嫌です。だが今暮らしている人たちの生活を守るという意味では、一つの国をつくるというのは、大きな意味のあることだと思う。小さな国がたくさんあって、それぞれが戦いあっていては、大きな国からこの国を守るのは不可能なことで、力を合わせなくては出来ないことなのです」

「なるほど、力を集めて我々の国を一つにすることは意味があることなのですね」

小碓はもう一つ疑問に思っていることを訊いた。

「これからもよその国から、我々の地に多くの人たちがやってくるかもしれない。その人たちと我々は一つになれるのですか」

5　墳墓と言葉の話

弟彦公はそのこともいつも考えていたようで次のように答えた。

「今この国の各地域でたくさん作られている大きな墳墓があるが、あれをつくるきっかけとなったのは、大陸から渡ってきた新しい技術を持った人たちとこの国に以前からいた墓造りの人たちが協力し合ったからなのだ。最初の大規模な古墳である大和の地の箸墓ができたころ、もう百年以上前になるが大陸からやってきた人たちの伝えた技術がこの国で見事に花開いてあのような素晴らしいものができたのだ。

今のこの時代に我々が作ったもので、のちの世までずっと残り素晴らしいものだと褒めたたえられるのは、各地で作られている面白い形をした墳墓しかないだろう。あれは大陸にはまったくみられないもので、朝鮮半島にほんの少しだけあるが、ほとんど私たちのこの国だけのものと考えられる。この墓を作る技術は、大陸からこの地へやってきた一族と我々の先祖が協力し合って作りあげたものなのだ。

あの技術を持った人たちの子孫は、もう我々と同じ民と言えるのではないか。漢の国の人とは言えない。この国で私たちと同じように幸せに暮らして、同じ食べ物を美味しくいただく人たちは、我が国の民に違いない。このように遠い国から何らかの事情でこの国にやってきた人たちは、私たちに大きな力をもたらしてくれた。その役割は途方もなく重要で、一緒に国を創っていく仲間になるのです」

「よくわかりました。この国で何年も一緒に暮らしてきた人たちは、皆この国の民なのですね」

さらに弟彦公は付け加えた。

「もう一つこの国の同じ民であるという大切な証しがあります。それは同じヤマトの言葉をしゃべることです。この国の言葉をしゃべる人、理解できる人は同じ国の民と考えて良いと思います。

私たちが当たり前のようにしゃべっているこの言葉は、この大八島の国という島国以外ではまったく通じないのです。よその国から来た人たちが、この国の言葉を分かりうまく使いこなすようになるのはかなり難しいことなのです。ですから、たどたどしくてもこの言葉をしゃべることができるようになった人は、同じ国の民と考えていいと思います。それほど言葉は大事なものなのです」

普段何も考えることもなく使っている言葉が、その国の民であるしると聞いてあらためてヤマト言葉の重要さを認識するのだった。

6 「言向け」

そこで弟彦公は付け加えた。

「ただこれだけは言っておきます。一つの国を作ったものが、権力におぼれてしたい放題のことをしたり、多くの税を集めて民に苦しみを与えれば、必ずその国は滅びる。永遠に続く国を作ったのは世界のどこにもない。心してその任に当たらなければその国は滅びるし、民の上に災厄をもたらすのは必定なのです。未だ金や権力のとりこにならないで、王の一族が滅びもせずにずっと続いてきたというような国は、聞いたことも見たこともない。徳のある大王が代々政を行っていき、民が幸せを感じることができるような国ができたら本当に良いと思うのだが。ヤマトの国はそのような国になることができると思いますか。そのような国はあり得ないだろうな」

小碓は弟彦公の目を見ながらゆっくり話した。

「あなたの言われることはよくわかりました。国とか、大王とか、兵隊とか、そんなもののない世の中があれば一番良い。そして、みんなが豊かに幸せに暮らしていける国があればそれが良いのです。しかし、この小さな島国でも、いくつもの国がありそれぞれが自分たちの正しさを主張して譲らないことがある。小さな戦いはしばしば繰り返されている。こういうことがもう何百年、何千年もずっと昔から続いてきた。

海を隔てた西の大陸には、大きな国があり隙さえあれば周辺の諸国を自分たちのものにしようと狙っている。やはり国を一つにまとめて、争いのない国にするのが大事なのではないでしょうか。そして大きな国に呑み込まれないようにいつも警戒を怠らないことが大事だと思います。みんなの力でまとめ上げていき、人が人を支配したり、人のものを奪ったり、戦うことのない国をつくるのが大事なのではないでしょうか。

あなたは、古今東西、国を作ったものは必ずその支配する大きな力に惑わされて、権力をふるったり、兵隊の力で人を支配したり、富を奪ったりと勝手なことをするものだといわれました。

そのようなことがない国を目指していくのは間違っているでしょうか。今は国を一つにまとめて、大きな敵と対峙する力を蓄えなければなりません。それと同時に、人々と和の力で国の政《まつりごと》を行っていく道を求めなければなりません。必ずや、我々の力でそれができると思うのです」

「小碓様、あなたは本当にそのような国ができると信じているのですか」

「ヤマトの国は、これまで戦をして小さな国を従えたのではないのです。『言向け』という言葉があります。これは戦による勝ち負けで国を従えるのではなく、言葉によって説得、懐柔、協調することによって国を広げてきたのです。同じ大八島の神の国に住み、同じ言葉を話し、幸せに暮らしている者同士が、いがみ合い戦うことの無意味さと一つの国になることの大事さを伝えるのです。それが『言向け』なのです。

私は、この国をまとめるのに、兵の力ではなく、『言向け』を用いて行いたいと考えています。言向けが成り立つには、両者の『信頼』と『責任』が必要です。ヤマトの国に従うよう、そして一つの国を創り戦うことのない世を広げるよう説得していくのが大事ではないでしょうか。

弟彦公には、私と一緒に西の国に行き、ヤマトのもとに一つになるよう手助けをしてほしいのです。我々がしっかりした力を持ちながらも、決して敵ではないことを示して、この国をまとめる意味を説明したら必ずや従ってくれると思うのだが」

「あなたはとてもお若いが、話を聴いていると本当に戦をしなくても、国を一つにまとめることができるような気がしてくるので不思議だ。私には弓矢で加勢する力しかないが、人を殺すために使うのではないことを約束していただき、それでも良ければあなたの姿を見届けてみたいと思うようになった。一緒に西の国までついていきましょう」

いつのまにか二人は意気投合し、お互いの手を取り合い、抱きしめ合って協力を約束したのだった。

7　出陣の祝い

約一ヶ月後、小碓を総大将とした出陣の祝いが纒向日代宮《ひのしろのみや》の宮殿でおこなわれた。成人もしていない小碓を総大将として、美濃の国から来た弟彦公《おとひこのきみ》が五十人近くの弓矢の兵隊を引き連れてやってきた。その他宮戸彦、三重の石占横立《いしうらのよこたち》、尾張の田子稲《たごのいな》置《き》、乳近稲置《ちぢかのいなぎ》らが五百名の兵を連れて参加した。大和の大王の兵も三百名が加わった。現地に近づくにつれて徐々に兵は増える予定だった。

大王による武運を祈る宣旨があり、神々への戦勝祈願、お祓い、神楽が披露された。そののち簡素な出陣の宴が執り行われた。

フタジは后として小碓のそばに付き従っていた。すでに懐妊しており、その出発がたまらなく悲しいのであった。しかし泣くことは許されず、無事帰ってくることを祈るだけであった。

簡単な食事の後、小碓は大王に拝謁して次のように述べた。

「私は若輩ですが、これから西の熊襲の国に言向けの旅にまいります。この国が大王に服従して、大王の心安らかになるよう全身全霊を込めて働いてきます」

その後西に向けて、一行は旅立ったのである。纒向のすべての人々が、若き皇子の無事を祈り見送った。

8　瀬戸内海の旅

小碓らは、ヤマトの国にしばしば反乱する熊襲と戦うために、纒向の地を出発した。

一行は、陸路難波津に向かった。総勢約九百人だが、小碓の周りには、幼い時からの盟友トモミ、美濃の国に行って加勢を頼んだ弟彦公、宮戸彦、三重の石占横立、尾張の田子稲置、乳近稲置らの武将たちが付き従った。さらに年のころは小碓と同じだが背の高いひょろっとして痩せ身の青年がいた。年は十五歳で、自分の背中にいつも大きな四角形の板と木材の入った袋を背負っていた。名は比呂彦《ひろひこ》といい、黙って小碓の一行についてきた。トモミとも知り合いらしく、いつも近くにいて一緒だった。

大王の代わりの総大将となった小碓は、付き従う兵士たちからの扱いは大王と一緒だった。しかし小碓は自分のことを「おうす」と呼ぶように命じた。後方から戦いを見るのではなく、自らが先頭に立って参加していくつもりであった。

難波に着いた一行は約三十艘の船に乗り移った。戦いに必要な道具、衣類、食糧、水など多くのものが積み込まれた。

秋のうららかな心地良い海風がたなびく朝であった。浪速の港から、西への遠征の旅が始まった。小碓にとって初めての船旅であったがすべてが物珍しく、島々と内海のあまりの美しさに目を奪われた。

難波の海から左手に淡路島を眺めながら、播磨の海に入り、最初の宿営地となる印南《いんなみ》に停泊した。この地では大昔から吉備氏が強い勢力を誇っており、大和の国と良好な関係が結ばれていた。小碓や兄大碓の母親である伊那毘大郎女《いなびのおおいらつめ》は吉備氏の一族であり、この地と深い繋《つな》がりがあったのである。港には、母方の祖父が、遠征に参加する多くの兵士を従えて出迎えた。立派に成長した孫の姿に涙を流して喜んだ。

この地で兵士たちはしっかり休養を取り、必要な食糧や水を調達したのだった。

三日後再び西に向かって出港した。しばらく海の旅を楽しんでいたが、停泊している間姿が見えなかった比呂彦に小碓が訪ねた。

「二日間姿が見えなかったが、どこに行っていたのですか」

「はい小碓様。吉備地方の豪族の墳墓を見てまいりました」

「そうか比呂彦は、土師氏の一族の中で墓をつくる能力はとても優れているそうだな。最近では、纒向の皇族の墳墓もあなたに任されていると聞いた。今回のような言向けの旅には、必ず一族の一人が参加すると聞いていたが、若い比呂彦に大役を任されたということですね。それで墳墓のありようはどうだった」

「はい、私の祖父が作った墳墓を見てきましたが、隅々まで美しく丁寧に清掃され、丁重に祀られているのがわかりました」

肌身離さず背負っている荷物を下ろして、小碓の前に広げて見せた。それは硬い一枚の榧《かや》の木でできた、正方形の板であった。茶褐色の板の表面が黒光りして、その中に十七本の真っすぐな線が均等な幅でひかれていた。縦横に十六×十六個の枡目が存在した。一緒に取り出した、少し変わった形をした薄い板を並べた。それは上部が円形で、その下の円周に隣接して台形が繋がった板であった。大きさの異なった板がいくつか用意されていた。小碓の前に、正方形の榧《かや》の板を置き、平たい薄い板を五段に重ねて見せた。その円形部分と台形部分の中心に小さな穴があり、細長い鉄くぎを上から通して、下の榧の板の直線の交点にある穴に繋《つな》げた。

いつのまにか、榧の木の板の上に見事な小さな墳墓の模型が出来上がったのである。

「私が見てきたのは、こういう形をしていました。祖父が作ったので、形は寸分の狂いもありません」

「そうか大昔に作られた墳墓がどうなっているのか、見てきたのだな。これは一目でよくわかる形代だな。あの地はヤマトの国ができたころから存在しており、同じ祭祀を営み、墳墓もほとんど変わらないものを作ることが許されている。私の母もその地の生まれである。吉備の国に大和の国と同じ形の墳墓があるとは聞いていたが、やはり本当だったのだな。言向けにより、比呂彦の作る墳墓がこのヤマトの各地にさらに広まると良いがな。いいものを見せてくれてありがとう」

小碓は、自分の任務に必死に取り組んでいる青年の姿を見て、今度の旅を必ず成功させようと思うのであった。

その日は快晴で、船はゆっくり西に向かって帆走していた。弟彦公が小碓との話が終わった比呂彦に近づいて話しかけた。

「比呂彦よ、盤と石を貸してくれませんか。いろいろな遊びがあるけれど、『陣取り』ほど楽しい遊びはないですね。私が東晋の国に行っていたときに、その国の官吏や武将のほとんどがこの遊びを楽しんでいた。かなり難しい遊びだけれど、これを始めるとあっという間に時間が過ぎてしまう」

比呂彦の一番大事にしている正方形の板には、奇麗に縦横十七本の直線がひかれている。そこに黒い石と白い石を交互に直線の交点に置いて奪った陣地の広さを競うという遊びであった。最近ヤマトの豪族の間でも広まってきた。遊びの規則は簡単だが、石の置き方のちょっとした工夫によって勝負が大きく左右されるので、これまで知られていなかった遊びの面白さに熱狂する人も増えてきた。

この遊びは今でいう囲碁であるが、大陸では昔から盛んにおこなわれていた。やっとこの国にも伝わってきたのだった。因みに比呂彦には、子供のころから親や兄弟からこの遊びは教えられていて、実は誰にも負けないくらい強かったが、そのことはおくびにも出さなかった。

比呂彦はいつも頼まれることなので、快く貸してやった。

しばらくいろんな人たちが楽しんでいたが、初めて囲碁をしているという兵士が比呂彦に尋ねてきた。

「この白石はここに黒石を置けば取れるのだが、この次にそこにまた白石を置けば黒がとられるのです。どうすれば良いのですか」

「ああこれは『コウ』ですね、いつまでたっても終わりません。そこでコウの場合は、すぐ次に取り返してはいけない約束になっています。ほかのところに一度打たなくてはなりません。そうすると今のところ白はほかに打たないといけないのです」

比呂彦は、この遊びの決まりごとやちょっとした勝ち方などを少しずつ教えていた。

長い船旅で、腕を上げる者もでてきた。

突然大声が船の中に響き渡った。先ほどの若い兵士だった。

「勝った。黒が十目多い。やった、初めて勝ったぞ。比呂彦ありがとう」

船旅はこの遊びに興じるものや、周りで見る人たちの歓声が続き、和やかに続いていくのだった。

9　日向の地

二十日間の船旅の後、小碓ら一行は日向川南の地に着いた。平田川という小さな川が日向灘に注いでいるのだが、ここの海岸は大きな海（太平洋）から運ばれる砂で出来た長大な砂丘となっている。河口は海から運ばれた大量の砂で覆われており、川の水は砂の中を浸み込んでいって海に流れていた。川の出口がよくわからない珍しい姿をしている。海から十数人の手で川の水が溜まっているところまで船を引っ張り上げていき、そこからさらに上流を遡上して、「年の森」と呼ばれる地に上陸して宿営地を作った。

その地は農作物や海産物が豊富にとれることで知られていた。日向の地は、大和の国の伝説ではこの地の北にある美々津から神武天皇が東征したとされており、特別の地であった。日向の国はずっと昔から大和の国に従っており、交流も盛んであった。大和と同じ形式の墳墓もたくさん作られていた。ここを本拠地として熊襲討伐に向かう考えであった。この地から目的の熊襲健兄弟が陣取る地までは、重装備の兵士たちが歩いて七日くらいの距離であった。

宿営地で小碓を中心とした幹部たちが集まって、作戦会議が開かれた。

小碓の指示はこうだ。

「熊襲一族の首領である健兄弟の本営は、三重の垣に囲まれて容易には近づけないらしい。無用な殺し合いだけは何としても避けなければならない。そんなことをすれば千年の後にも言い伝えられて、永久にヤマトの国と一緒にはならないだろう。まず言向けの使者を送ろう。戦わずにすむならそれにこしたことはない。向こうの反応をみるのだ」

二回ほど使者を派遣したが、陣営への入場は拒まれて、けんもほろろに追い返されたのだった。ヤマトの国の使いであることを告げたが、攻めてくるならいつでも攻めてこいというような態度だった。

使者がこちらの意向を伝えられないなら、大将自ら行かなければ解決しないと小碓は悟った。この地からさらに近いところに宿営を移す必要があった。

数日後十分に休養や栄養を取り、士気を高めたところで出発となった。小碓は宿営に協力してくれた現地の人たちにねぎらいとお礼の気持ちを伝え、これからもヤマト朝廷がこの地の力になることを伝えた。こうして日向川南の地を、小碓たち一行は熊襲の地を目指して静かに出発したのであった。

第五話

熊襲健兄弟との戦い

1　熊襲健の砦

小碓ら大和朝廷の熊襲に対する遠征軍は、日向川南の宿営地を出発した。現代でいう宮崎平野まで出たのち、大淀川の川沿いの道を歩いて、上流へとさかのぼっていった。上流には広大な盆地があり、その地の河畔に宿営地を設けた。この盆地は見晴しの良い、肥沃な土地で、遠く高千穂の峯の噴火も見られた。めざす熊襲健兄弟の砦は、高千穂の峯の反対側にあるのだった。

到着数日後、作戦会議が開かれた。

探索を行った兵士の報告によると、砦は険しい山を利用して二重三重に大きな塀で取り囲まれており、厳重な警戒がなされている。要塞内の警護は厳重で、中に入り込むのは困難な状態であった。正面から攻めていくのは難しそうである。

小碓は、正面突破以外の戦術をいろいろと考えていた。

「正面から戦いを挑めば、本格的な戦いになる。敵も味方もともに多くの犠牲者が出ることになる。何とか中に入り込んで、相手を攪乱して一気に決着をつける手立てはないものだろうか」

現地の情報を詳しく調べている宮戸彦が述べた。

「熊襲健兄弟は、今新しい邸宅を建てているという話があります。これが本当なら完成した時は必ず祝いの宴が執り行われるはずです。その時は警備も手薄になっているかもしれません。その時を見計らって攻めてはいかがでしょうか」

小碓はしばらく考えていたが、

「そうか、その時に何かことを起こさないといけないようだ。まず少人数で相手に悟られぬようにして、砦周辺の様子を探ってみよう。私と少数の兵士で明日出発する。残りの者たちはこの地でいつでも出発できるように準備しておくように」

総大将自らが相手方の砦の様子を見に行くことに、皆反対したが小碓は聞き入れなかった。

翌朝小碓は、弟彦公とその部下の弓を射る兵士三名、トモミ、警護の兵士三名の総勢九名という少人数で密かに出立した。

一行は、現地の人の道案内で高千穂の峯の南側を進んでいった。山深い斜面に切り刻まれたような細い道を進んで行くと急に視界が開けた。目の前に湖のような大きな海が広がり、その海の中に大きな島が見えた。その島は火山島で噴火していた。あまりにも美しい景色に驚き、一行は目を見張った。現代でいう、錦江湾と桜島の雄姿が現れたのだった。

熊襲健の砦はもうすぐであった。山裾の木々に覆われて人目のつかないところで、砦が見渡せる場所に小さな居住地を設営した。少し上の方から、護衛の兵士で守られた柵を遠巻きに観察することが出来た。山は深く、相手の砦の中に入り込むのは至難の業であることがよく分かった。

2　御文媛《みやひめ》

しばらく砦の様子を見ていると、柵に作られた扉が開かれて、白い装束の女たちが次々と退出してきたのである。扉の前には道が二つに分かれており、多くは向こう側の道に集まって帰っていったが、手前の道を老女に付き添われて歩いてくる女がいた。若く美しい娘であった。新しい館が完成して、祝いの宴があるらしいと噂されているので、その準備のために働きに来たのであろうか。

木々の梢の陰に隠れてしまい、二人の姿が見えなくなってしばらくしてからのことである。「キャー」という絶叫が聞こえた。その声を聴いて、小碓は自分のいた山の中腹から飛び出し、その女の声のしたところに駆け下りていった。一瞬の後には、小碓の姿は同行した兵士たちの視線から消えてしまった。小碓のあまりに身軽な振る舞いについていけなかったが、トモミや同行の兵士たちも少しずつ山を下りて後を追った。

小碓が女の声が聞こえた場所に近づいた時、老女は道で気絶して倒れていた。二人の男がいて、一人が若い女を無理矢理肩に担いで連れ去ろうとしていた。女はじたばたして必死に振りほどこうとしていたが、腕力の強い大男に担がれているのでなすべがなかった。そこに小碓が追い付き、後から男たちに声をかけた。

「こらお前たち何をしている。その女を下ろすのだ」

小碓の声で振り向いた男の一人は、若い細面の華奢な男を見て、薄ら笑いを浮かべながらやってきた。

「ほう子供のくせに、何かわしらのやることに文句があるのか。これでもくらえ」

道端にあった大きな木の枝を振りかざして向かってきた。小碓も背中に担いでいた木刀を構えた。男の振り下ろした太枝を顔面に受ける直前、力強く木刀で受け止め、強く押し戻してから、一瞬左足を払った。体が左側に倒れ掛かった時、男の右腕を強く打ちつけた。鈍い音がして、上腕骨が真中で折れてしまったようで、男は腕の劇痛にたまらず大声を出して、足を引きずりながら逃げ出した。

ことのいきさつを見ていたもう一人の男は、女を道端に下ろした。体は小碓の倍もあろうかという大きさで、腕っぷしも強そうで力自慢の様子であった。小碓がもう一人の男を木刀で打ち付けた時に、間髪を入れずに突進してきた。大声で「おりゃー」と叫びながら、小碓の前に飛び込んできた。一気に押し倒してやろうという算段だったようだ。木刀を構える暇もなかった小碓は、男の体が触れたかと思った瞬間、ひらりと身をかわして大きく跳びはね、一回転して後ろに回り男の後頭部を握って力いっぱい押さえつけた。目標がなくなり、後頭部を強く押された男は、地面に顔面をたたきつけられた。さらに血だらけになった顔面を二、三回強打されたために、その痛みは大変なものだった。

「ギャー」という断末魔の声を発して逃げ出した。二人の男は恐ろしいものに出会ってしまったかのように、後ろを振り返ることもなく、必死になって逃げ出したのであった。

女は小碓のもとに駆け寄り、

「本当に危ないところを助けていただきありがとうございました」

と礼を述べた。あまりに強く美しい若武者の出現に、怖かったことも忘れて女は心をときめかせた。

小碓は何事もなかったように振り返り、

「危なかったな。こんな辺鄙な山道を女二人で歩くのは危険だ。これからは用心してください」

女の名は御文媛《みやひめ》といい、この近くの村長《むらおさ》の娘で、三日後にある熊襲健兄弟の新しい館のお披露目の祝いの準備に呼びだされたのだった。

男たちが逃げ出したころ、小碓の部下たちがようやくこの場にたどり着いた。女の付き添いの老女も意識を取り戻して、放心状態で様子を見ていた。何事もなかったように美しい女と話をしている小碓をみて、トモミは小碓がこの娘を悪党から助け出したことを一瞬で理解した。

小碓は自分の名を名乗り、女を家の近くまで送ることにした。三日後にある宴では、たくさんの食べ物や酒を用意されていた。その準備のために一族や部下たちの家族などが集められていた。若い娘たちも呼び集められ、熊襲健兄弟や武将たちの相手をすることになっていた。

家の近くに着いたころ、小碓は御文媛に頼んだ。

「三日後の朝、ここで待っています。私の親族の娘が熊襲健兄弟の宴席に出たいというのです。連れてきますので、あなたの親族の娘ということにして、一緒に連れて行ってあげてくれませんか」

小碓の突然の申し出に、御文媛《みやひめ》は驚いたが、人手は足りないくらいで特に問題となることもないので快く了承した。この場所で三日後に会う約束をして別れた。

3　熊襲健の館

翌日、宿営地に戻った小碓たち一行は、二日後の戦いの準備を始めた。作戦会議では、驚くべき内容が小碓から提案された。

「私たちが下見したところ、あの砦の中にはいきなり多くのものが侵入することはできないだろう。そこで私が女装して、あの地で知り合いになった御文媛と一緒に入っていくことにする。宴もたけなわになったころを見計らって、二人と戦って屈服させよう。そのころまでに、気の緩んだ警護のものを倒して、砦の中に入ってくるのだ。周囲の山の上から三人単位で行動して、気づかれないように侵入してほしい。弓を使う兵士たちで館の周りを取り囲んでほしいのだ。決して弓で人を射殺してはならない、あくまで威嚇のために取り囲むのだ」

館を取り囲むのは、夕日が落ちて暗くなったころと決めておいた。

トモミが驚いて尋ねた。

「小碓様お一人で館に入られるのですか。それはあまりにも危険です。御身に何かあれば、一緒に行った私たちの責任になります。それだけはやめていただきたい」

「トモミの言うこともよくわかるが、この戦いはヤマトの国と熊襲の国の存亡をかけた戦いなのだ。大将が本気で戦った方が勝つのだ。私が負けて討ち取られたときは、それも致し方がない。私に神々のご加護がなかったということなのだ。私は、自分の力とヤマトの国の言向けの正しさを信じ、神々のご加護のもとに戦うつもりだ。みんな加勢していただきたい」

一緒にいた武将たちは小碓の指示に従った。少人数に分かれて実戦のいでたちに装備して、戦いに向かった。

翌々日約束の場所に、御文媛と老女が待っていた。トモミが連れてきたのは、美しい娘であった。御文媛は小碓の姿を探したがそこにはいなかった。トモミは話した。

「小碓様は、今日はとても大事な用がありここに来ることができません。よろしくお伝えくださいとのことでした。先日お願いしたように、この娘をお祝いの宴に連れて行ってほしいとのことでした。名前はフタジと言います。御文媛様よろしくお願い申し上げます」

小碓が来ないと聞いてがっかりした御文媛だったが、フタジと呼ばれた娘を見て声を上げそうになった。女装した小碓は老女に気づかれないように、口を塞ぐ合図を女にした。

髪を櫛で梳き下ろして、伊勢神宮の倭比売命から賜った御衣《みそ》、御裳《みも》を身にまとい、顔にお白粉、赤い紅を唇と頬に塗った姿は、どう見ても美しい童女にしか見えない。だが御文媛には小碓が女装していることがすぐ分かった。ただあまりの美しさに驚くのだった。

小碓は懐にこれも倭比売命から賜った剣を忍ばせていた。どこから見ても、完璧な女人になりきっているのであった。二人は一番外側の柵の扉にたどり着いた。警護の

兵隊から、

「お前は誰だ」

と聞かれたが、すぐ御文媛が
「私の姪にあたる者で、ぜひ今日の祝いの席に参加させていただきたいと日向からやってきました」

小碓をまじまじと見据えた兵士は、

「なかなか美しいおなごじゃのう。健様たちも喜ばれるだろう。入って良いぞ」

女装した小碓は、何事もなく砦の中に入ることができた。柵の中の道をしばらく行くと、つづら折りの道が上まで続いていた。新しく造られた大きな館は上のほうにあった。しばらく上っていくとまた柵があり、そこにも扉があって警備の兵士たちが守っていた。今日の祝いのものを届けるために、多くの人たちがやってきていた。その扉の手前で荷物を置いて帰る者、それを持って上に上がっていく者など、かなりの人の往来がみられた。小碓と御文媛はさらに館の前まで上っていった。最後の柵の中に案内されて、今日の宴の準備を手伝うよう命じられた。小碓はじっと館の内部を頭の中に入れていた。また館周囲の廊下や、二階に通じる階段、庭、館への出入り口も詳しく観察していた。

4　熊襲健兄弟

陽も少しずつ傾き、夕焼けが大きな海を染めてきたころ、熊襲健の兄弟が館に帰ってきた。二人とも伸ばした髪を後ろで巻き結び、髭を生やしていた。肌は赤銅色に日焼けしていた。兄はやや細身で、鋭い目つきをしていた。

兄弟が館に帰ってきて、設けられた宴席に座った。兄弟以外には、一族の長老と、武将が真ん中に集まった。この日のために準備された料理が所狭しと並べられていた。猪や鹿の子の焼いた肉料理。海から獲ってきた鯛や鮃の焼きもの。アサリ、ハマグリ、鮑などの貝類。川でとれたウナギの煮もの、芋や蓮根の根菜類、米や麦などの穀物など、普段は手に入らない山海の珍味が大皿に盛られていた。酒もふんだんに用意されていた。

三線と笛、銅鑼により音楽が始まり、数人が神楽舞を始めたころは、あちらこちらで大声や歓声が飛び交うようになった。すっかり暗くなり、館の各所に置かれた燈《とう》明《みょう》や松明《たいまつ》に灯がともされた。

熊襲健の兄は、部屋の隅にじっとしている普段見かけない白い立派な着物をまとった、顔立ちの端正な美しい童女が気になっていた。自らそばに行き、手を取って隣にいた御文媛と一緒に自分の席に連れて行った。二人を弟との間に座らせた。

「名前は何と言うのじゃ」と尋ねた。

小碓は消え入るような小さな声で、「フタジです」と答えた。

兄はしばらく酒を飲んだり、骨付きの猪肉をほおばったりしていた。やはり初めて見る美女が気になるらしく、なかなか可愛い奴じゃと言いながら、胸元に手を入れまさぐった時、硬い棒きれのようなものをつかんだ。それを手にしてまじまじと見て、懐剣をいきなり抜き放った。急に顔色を変えた。

「これは何じゃ」と大声で言い放った。

小碓は即座にそれを奪い返した。

「こやつ、何者じゃ。討ち果たしてくれる」と叫んで後ろにある太刀をつかみそれを抜いた瞬間である、小碓の刀が熊襲健兄の胸を一突きにした。おびただしい血しぶきがあたりに飛び散り、女たちの絶叫が飛び交いあたりは修羅場と化した。

一撃で倒れた兄を見て、怒った熊襲健弟は、刀を振り回して小碓に追ったが、懐剣を口にくわえながらすばしこい動作でかいくぐった。そのうち振り下ろした太刀が柱に食い込み抜けなくなった。今度は、そばにあった長い棒を持ち、振り回した。素早い棒さばきで、避ける間もなく小碓の左太腿に当たった。一瞬ひるんだその時、熊襲健は棒を持ち直して真上から顔面目掛けて振り下ろした。その時ひらりと身をかわして、さらに何度も何度も振り下ろされる棒をかいくぐった。そのうち体勢を整えた小碓は、渾身の力を込めた足蹴りが熊襲健の顔面をとらえた。後ろに倒れ、顔面血だらけで、武器を失った熊襲健弟は怖くなって逃げ出し、二階に行く階段を上りかけた。

追いついた小碓は、そこで背中をつかんで引っ張りこちらを向かせ、咥えていた刀を手に持ち換えて、下腹部を一撃で突き刺したのである。

短刀は下腹部から腰まで深く貫いていた。致命傷を負わされたと悟った熊襲健は、小碓に向かって叫んだ。

「その剣を動かさないでくれ。申し上げたいことがある」

とどめをさすのをやめた小碓は、手を動かさないで話を聴いた。

「あなた様はどなたなのだ」

小碓は威厳を以って答えた。

「私は大和纏向の日代宮《ひしろのみや》におられて、大八嶋国《おおやしまのくに》を知らしめす大帯日子淤斯呂和気天《おほたらしひこおしろわけのすめら》皇《みこと》の御子、名は倭男具那王《やまとおぐなのみこ》という。熊襲健の兄弟が、大王にまつろわず、礼節なしと聞し召して、私に征伐するよう詔《のたま》われ、ここに遣わされた」

聞いていた熊襲健は、すっかり観念して次のように申した。

「まさにその通りだ。この国の西には、我々二人の他には、本当に健《たけ》く強《つよ》い男はいない。然しながら大倭国《おおやまとのくに》に、我ら二人に増して健き男がいたのだ。今ここに到りて、我が名をあなた様に献《たてまつ》ります。これからは、ヤマトタケルの御子と称えましょう」

そう熊襲健が言い終えると、小碓は熟した瓜の身がはじける如く、剣を振り立て最後のとどめを刺したのだった。

5　ヤマトタケルの誕生

熊襲健兄弟を討ち果たして、宴席は大混乱となった。一部の武将は剣を抜いて立ち向かおうと構えた。二、三人が太刀を持って構えたところ、館の外から小碓と敵将の間に数本の弓矢が飛んできて、壁に突き刺さった。弟彦公たちの兵が射た弓矢であった。武将たちは一瞬ひるんだ。

これを見て、小碓は大声でその場にいる者たちに告げた。

「ここにいる者たちは、もう戦ってはならない。戦いは終わったのだ。外を見てみろ」

館の周りの庭には、あらかじめ示し合わせていたとおりに弟彦公に引き連れられた兵士が弓矢を引いてぐるりと取り囲み、槍を持った兵士もいつでも館の中に入れるように構えていた。

「私たちは、ここにいる人たちに危害を加えるつもりはまったくない。ヤマトの大《すめら》王《みこ》に従わない熊襲健兄弟に、言向けるために私は大和からやってきたが、聞く耳を持たなかった。残念ながらこうやって戦い殺してしまった。だが熊襲健が最後に言った言葉をここに居たものはみな聴いて覚えているであろう。

『我が名をあなた様に献《たてまつ》ります。これからは、ヤマトタケルの御子と称えます』

確かに熊襲健はそう言ってくれた。これは、私に健《たける》という名を捧げてくれただけではなく、これから熊襲の人たちに私を熊襲健そのものと考えて仕えるのだという言葉である。これ以上無駄な血を流す必要はない。もう戦いはやめて幸せで豊かな国を我々と一緒に作っていくのだ。

私は今から、自分の名を、ヤマトタケルとする。みんなそのように心得るがよい」

その時から小碓は、「ヤマトタケル（倭健、日本武尊とも表記される）」と自ら名乗り、人々からも称されるようになった。

この力強い言葉に、熊襲の武将たちは抵抗をやめ、武器を置いて降伏した。

熊襲の一族は、熊襲健兄の子供を後継者に立て、皆大和朝廷に仕えることを誓った。ヤマトタケル（今後タケルと表記）は熊襲健兄弟を弔うために大きな墳墓を作り、ヤマトの祭礼を執り行うことを指示した。

こうして熊襲健兄弟との戦いは、終わったのである。

後日、大きな板を背負った比呂彦とその一行は、大隅半島を南下し、熊襲健兄弟の墓を構築するための準備を始めたのだった。この地になかった大がかりな墳墓がその後いくつか作られていったのである。

第六話

山あいの医師

小碓は熊襲健兄弟との戦いに勝ち、筑紫の島の南の地域をヤマトの国の一部として統治することができるようになった。さらに自らをヤマトタケルと改名したことを公に宣言したのであった。

タケルらの一行は、日向川南の地に戻って、大和に帰る準備をしていた。長い移動や戦いで疲れた兵士たちの休息の時でもあった。

タケルはトモミら供のもの三人だけの少ない人数を連れて、日向の地の田舎で施療している、その地ではよく知られた医師（施薬師）のところに向かっていた。熊襲健との壮絶な戦いで、左足に受けた傷を手当てしてもらうのが目的だった。硬い棒で強打された左の太腿は赤く腫れあがり、熱を持ち、日に日に痛みが強くなっていたのである。

丸太で簡単に組み立てられた小屋には、周囲から集まった病人でいっぱいだった。手足に傷を負った者、全身の腫れあがった者、高熱が続く者、半身が麻痺したり話すことができなくなっている者、咳や痰が続き苦しがっている者、黄疸や腹水がみられる者など、ありとあらゆる病気の者たちがここで治療を受けようと各地から集まってきていた。

二、三十人の患者がすでに待っていたため、タケルは自分の順番が来るまで小屋の外で待つことにした。トモミが早く診てくれるよう頼みに行ったが、そんなことはできないと、そこの主である凡養《ボンヨウ》という医者は自分の思う順番で診療していた。今にも死にそうな者でもない限り、どんなに身分が高かろうが、金持ちだろうが自分のやり方は変えないのがこの医者のやり方だった。

小一時《こいっとき》たったころ、タケルの順番となり、凡養の前に行き傷を見せた。左足の大腿部には、一部出血した瘢痕があり、その周囲には紫色に変色した皮下の出血斑がみられた。全体が熱を持って腫れあがっていた。

浮腫《むく》んだ打撲部の周囲を、凡養が両手で圧迫すると激痛が走った。必死にこらえて

いるタケルを見て、

「我慢強いお人じゃな。普通なら気絶したり大泣きしてしまう者もおるくらいの傷だがな。この腫れあがったところは、自分の体に入ってきた異物に対して必死に戦っているのじゃ。この先運が良ければ、良くなるじゃろうが、全身に広がって命を落とすこともあるかもしれん」

タケルは早く都に帰って、父にこの地の情勢を報告しないといけなかった。

「何とか早く良くなる手立てはないでしょうか」

とタケルが訊くと、

「良くなるかどうかわからないが、やってみよう。お前の持っている運が強ければ治るだろう。お前もこの国第一の勇者なら、辛抱するのじゃぞ」

この医師は、タケルの身分や今回の戦いに関しても良く知っているようだった。

焼酎を持ってきて傷口を拭き、小刀を暖炉の火のなかにかざした。腫れあがった皮膚の一部に小刀で切開を入れ、周囲を圧迫して多量の膿を絞り出したのだった。膿をしっかり出し切ってから、綺麗に洗われた麻の布で傷口を二、三重にしっかりと包み込んだ。

激烈な痛みに耐え抜いたタケルを見て、凡養は話した。

「タケル様は心も体もしっかり鍛えておられるようだな。あなたにとって、これくらいの痛みは大したことではないらしい。まだまだやらねばならないことがたくさんある大事な体のようだな。病気を治すのは、本人次第です。医者はその人の治そうとする力をお手伝いするだけです」

薬草の煎じたものを持ってきて、毎日三回、今後十日間飲むよう言われた。タケルは丁寧に感謝の意を伝え、お礼に塩と干し魚をかなりの量託《ことづ》けてそこを辞したのである。

二時《ふたとき》後宿営に帰ってきたタケルは、右大腿部の痛みがずっと軽くなっていることに気がついた。もらった薬草も、飲んでしばらくすると痛みや熱がさらに引いてきて楽になった。夜はこれまで痛みのために何回も目を覚ましていたのだが、その夜痛みはほとんどなくなり久しぶりに熟睡することができた。五日目には腫れもすっかりおさまり、押さえても痛みをほとんど感じないほどまでに回復したのである。

名医として近郊の人たちのみならず、遠くからも泊りがけでやってくる者が後を絶たないというのもうなずけた。

その数日後、大和に戻るために、宿営からの退去が決まった日に、タケルは再び凡養のもとを訪れた。今度はそんなに病人がいなかったせいか、早めに会うことができた。

「タケル様、足の具合はいかがですか」

「おかげで、すっかり良くなって、日常の活動もとどこおりなくできるまでになりました。ありがとうございました」

「あなたは、運の強い人ですね。何度も言うようだが、体が良くなるのは、自分自身の力なのです。決して医者の力ではありません。医者は薬を使ったり、いろいろな道具で治療しますが、あくまでその人が持っている癒《いえ》ろうとする力を手助けするだけです。あなたにはもともとそのような力が備わっていたのです」

「そう言われますが、あの時はこれからどうなることかと心細い日々を送ったものです。あなたに出会わなければこんなに早く回復することはなかったでしょう。出来たら何かお礼のものを差し上げたいのだが、希望されるものはないでしょうか」

「あなたからは、高価な塩と干し魚をたくさんいただきました。これ以上いただくわけにはまいりません」

「私の治療に関わるお礼ではありません。あなたが医師として多くの患者のために朝から晩まで働いていることに対して、少しでも手助けをしたいという気持ちからです。困っている人たちに使っていただきたいのです」

この話を聞いて、凡養はタケルを少し離れた小屋に連れて行った。

「これを見ていただきたい。この人たちは食べるものもなくて、ここにいます」

そこには、多くの老人、重症の病人がたくさん寝ていた。みんな充分に食事を摂っていないのか、やせ衰え、うつろな眼差しで天井を見つめていた。

「すべて近くの住民たちが持ち寄ってきたわずかなもので、ここの施療は行っています。充分ではないのは明らかです。あなたにその気があるのなら、ここで死にゆく人たちに最後の喜びを与えてあげてください。美味しい物を食べると人は不思議に元気になるのです」

この小屋のあり様を見てタケルは衝撃を受けた。病んで貧しい人たちがあまりにもたくさんいたのだ。

それから凡養は、施療所の裏山にタケルを案内した。

「私は若いころ薬草のことを知るために、海を渡って言葉の通じない遠い国まで勉強に行きました。少しでも病んでおられる人々のために役に立ちたいと考えたからです。その地で必死に勉強して、この地に帰ってきてから、もう二十年の歳月を数えるようになりました。各地から薬草の苗や種を取り寄せ、やっとのぞみの薬草を育てることができるようになりました。ここに育っているのが、これから薬になっていくのです」

広大な水はけの良い斜面に三段の畑を作っており、そこに多種類の薬草が育てられていた。

斜面の一角に、白い花びらの美しい花が数輪咲いていた。

タケルがその花を見ながら

「とても美しい花ですね。何という花ですか」

と尋ねた。

「これは芍薬《しゃくやく》という花で、大きく育てると見て楽しむこともできます。欲しいのはこの草の根なので、蕾ができたらすぐ取ってしまうのでこれだけしか咲きません。長い時間歩いて、足や腰の関節や筋肉が痛むときや、こむら返りが出た時に煎じた薬を飲むとみるみるよくなりますよ」

今度は少し離れたところにひっそりと、青紫色の花房が数個集まって咲いている美しい花があった。

「美しい花ですね、これは？」

タケルが尋ねると

「この花は猛毒なので近寄らないでください。トリカブトという草で、この草は、葉、花、根などすべて猛毒です。ただ猛毒の根を乾燥させて、何回も毒が弱くなる処理をすると、心臓機能を改善したり尿を出したり、疲れ切った体を回復させる薬となります。この薬を附子《ぶし》といい、大陸の漢方薬の一部として非常に重要な生薬とされています」

その横に雑草のようにたくさん育っている草のところに行き、タケルが言った。

「これは葉の形からして、蓬《よもぎ》ですね。私たちがいつも見ているのと比べたら少し大きいような気がします」

凡養は蓬の葉を一枚とって、指で揉んですりつぶした。

「この蓬は私が学んだ朝鮮半島の奥地から持ってきた蓬で、この国のものより葉が大きいのが特徴です。こうして指で磨りつぶして出血した傷口に塗るだけで血が止まるし、疣《いぼ》も何日か塗っているところりと落ちてしまうんじゃよ。蓬の葉にはいろいろな薬効が知られているが、とくに血尿や血便、婦人の出血などによく効きます」

その庭には、そのほか風邪や頭痛に効くという葛《くず》、咳、痰を抑え、筋肉の痛みなどに効くという甘草などたくさんの植物が栽培されていた。

薬の話をする凡養は生き生きとして、楽しそうだった。

「このようなことをやっていると遠くからでも、私のところに来られる方がいます。

私はその方たちに、自分にできるだけのことをしてあげたいと考えています。タケル様には、この国を戦いのない国にしていただきたいのだ。せっかく病を治そうと踏ん張っていても、戦が起きると次から次に新しい怪我人がたくさんやってくる。その人たちの施療で手いっぱいになってしまうのです。戦があると私たちがやってい
ることがすべて台無しになってしまう。高い志を持って、この国を統べていただきたいものです。そして決して戦のない国を作ってほしいというのが、私のささやかな願いです」

「凡養様、私にそのような大それた力があるのかわかりませんが、あなた様の心はしっかり受けとめて国に帰りたいと思います。いろいろと教えていただきありがとうございました」

二人はしっかりと目をあわせて、お互いできるだけのことを一所懸命やりぬこうと誓い合ったのだった。

三日後、この施療所の医師のもとに、五俵の米、百匹分の干し魚が届けられた。使いの兵士から、食事を食べられない人たちにあげて欲しいとタケルの言付けがあった。

第七話

帰ってきたヤマトタケル

タケルは大和纏向《まきむく》の地に帰ってきた。九州の熊襲《くまそ》健《たける》兄弟を打ち滅ぼして、その地や一族をヤマト朝廷に服属させるという大王の詔を忠実に果たしたのであった。散々あぶない戦いを自ら繰り広げたが、部下の将兵たちはほとんど無傷のまま、纏向の地に凱旋したのであった。

大和の地に帰ってくる途中にもタケルは、瀬戸内海各地の荒ぶる神々や、ヤマト朝廷の大王に従わない豪族たちに「言向け」して服従させることができた。また出雲の地の出雲《いずも》健《たける》も討ち果たし、古くからしばしば敵対していた出雲の地も従わせることができた。西日本の主な地域を従えて、纏向の地に帰ってきた若き皇子のことはすでに知らぬものはいないほどだった。

　大和には后のフタジ（布多遅能伊理毘売《ふたじのいりびめ》）が待っていた。二人には子が生まれており、その名を帯《たらし》中津《なかつ》日《ひ》子命《このみこと》（のちの仲哀天皇）という。フタジは出産後病弱となり、時に機織りに従事することもあったが、床に伏せることが多かった。それでもようやく西国から帰ってきたタケルの元気な姿を心から喜んだのだった。

　ヤマト朝廷の本拠地である纒向の人々は、敵の首領である熊襲健がいまわの際に自分の名を名乗ってくれという願いを聞き入れ、それまで名乗っていた小碓《おうす》からヤマトタケル（倭健、日本武尊）と名前を改めたことをすでに知っていた。若者の勇猛果敢な働きを伝え聞きその成果に驚くとともに、敵将からも敬意を抱かれ、服属した地域の人々の心さえもとらえてしまう高貴な人間性にも称賛の声があげられていた。

　西に旅立つときはまだ成人前で、髪を額の前で結っていた細身の少年だった。一年ぶりに大和の地に戻ってきたときには堂々たる体躯の立派な皇子になっていた。暴れん坊で好き放題振舞っていて、一部の人々から鼻つまみの存在だった小碓であったが、ヤマトタケルとして纒向に帰ってくると、大王の後継ぎにはこれ以上の人物はいないというまでに評価が高まっていた。

　帰ってきたタケルには、いろいろと学ぶことが多かった。ヤマトの国のことを知ることはもちろん大切なことではあったが、この国を取り囲んでいる朝鮮半島やその先にある大陸の巨大な国のことも知らなければならなかった。この国の中だけで生きていこうとしても、もう許されない国際情勢となっていたのである。

西日本各地でヤマト朝廷に服従した地域の豪族たちには、多数の銅鏡、鉄剣などが下賜された。さらにヤマト朝廷に服属する国として、ヤマト朝廷に伝わる古き神々を共有するという、一種の宗教改革がなされたのである。さらに各地の豪族の先祖を祀るための墳墓を、まったく新しい設計と工法で築いていくという大きな事業の指導をしていかなければならなかった。これこそこの時代ヤマト朝廷が国の統一のために掲げてきた大きな方針であった。今でいう「前方後円墳」という世界にも類例のない形の大きな墓が、ヤマト朝廷に服属した国々に次々と作られていったのである。

大和纏向の地で育ったタケルは、幼いころからこの地にある巨大な墳墓である箸墓を朝な夕なに見ながら暮らしてきた。箸墓は孝霊天皇の皇女である倭迹迹日百襲姫《やまとととびももそひめの》命《みこと》の墓とされており、伝説では、昼は人が作り夜は神々が作ったとされている。この地域に多数見られる大きな古墳の中では最も古い形式であることから、最初に作られた大王家の墳墓とされている。

各地から集まった選りすぐりの若者たちに、土師氏の若き頭領である比呂彦が熱心に指導していた。タケルが言向けして、ヤマト朝廷に服従した地域にはただちに古墳の造成の指導が始まる。タケルと一緒に大和纏向地方に帰ってからは、北側の山稜部に建造中の墳墓を参考にして、新たな古墳造成のための調査設計段階から、必要な材料の調達、道具や工具の手配、実際に働く人たちの配置や仕事内容、その人たちの食事や暮らしていくための居住地の準備までこと細かに指導したのである。比呂彦たちは休む暇もなく、多くの若者に熱心に指導した。

一つの大きな墳墓を造成することは、その地域の人々にとって血は流されないものの、戦いを行うのと同様の綿密な準備と富の蓄えが必要な大事業なのであった。

日本では西暦でいう三世紀後半から、空白の四世紀といわれるタケルの時代、さらにその二百年後までの長い間にわたり大小さまざまの古墳が、東北から九州南部まで全国十数万基も作られたのだった。しかもその造成された墳墓は、大和政権の支配地域の拡大とともに広がっていたことが明らかになっている。

遠く熊襲の地からやってきた四人の若者もいたが、彼らも比呂彦の言葉を一言も聞き逃すまいと真剣に学んでいた。墳墓の周りに飾る埴輪《はにわ》などを作る工房も多数あり、その作り方も教えていたのである。

タケルの時代は、部族同士で戦争をする代わりにいかに立派な墳墓を作るかという競争が行われた。地方から多数の若者が纏向の地に集まり、墳墓の設計や建設の方法を学びながら過ごしたのである。戦うことではなく、地方の若者同士が協力し合うことによって、新しい発見や技術の進歩、何よりもお互いの友好や信頼も育まれていった。この国の大事な基礎が若者たちによって形作られていった時代であった。

第八話

大王の新たな詔《みことのり》

1　大王の新しい詔

朝早くから蝉の声が喧《かまびす》しい暑い日であった。タケルは、昨日自宅にやってきた大王の使者からの伝令について考えていた。内容は、「明日の正午に大王の宮殿に来るように」とのことであった。どういうご命令であるのか不明であったが、大王からの正式な招聘であるので、衣服をただし髪を結い儀礼に携える大太刀を身につけて宮殿に向かった。

翌日眩《まぶ》しすぎる太陽が天頂に達した時、タケルは宮殿に着いた。熊襲を征討してからというもの、タケルは皇位継承の第一人者として周囲から一目置かれる存在となっていた。宮殿での序列も若いにもかかわらず大王の次であった。

タケルが到着してからしばらくして、大王を先頭に、主だった豪族の頭たちが入場してきた。一同がそろったところで、天照大御神並びに箸墓などに祀ってある祖先への拝礼、祝詞が厳かに執り行われた。引き続いて雅楽の演奏と数人による舞が奉納された。

儀式が終わったのちに、大王の前にタケルが召された。本日の一番重要な儀式で、大王が詔を自らの声で発せられるのである。そこに参列した豪族や大王の一族がことごとく平伏し、大王のお言葉を待っていた。

大王は厳かに、ゆっくりと言葉をかみしめるようにタケルに宣《の》べた。

「倭男具那王《やまとおぐなのおう》よ。大和より東の方十二国の荒ぶる神々と我々に服従しない民のもとに行き、ことごとく言向けして和平を実現せよ」

言葉にすれば簡単であるが、内容は重大であった。今度は東の国々十二ヵ国に出向いていき、この地方の荒ぶる神やしばしば反乱を起こす民らをすべて平定服従させてこいとの命令がタケルになされたのである。今でいう関東からさらに東北地域にはこれまで数回遠征軍が派遣されており、大王みずから遠征されたこともあった。一時的には大和朝廷に従うが、しばらくすると反乱するということの繰り返しであった。熊襲や出雲など西の地方の制圧を行い、大和の地に帰ってきてまだわずかの年月しか経っていなかったが、またタケルに東国制圧の勅命が下ったのである。

今回は、副将として後に吉備氏の祖となる御鉏友耳建日子《みすきともみみたけひこ》(吉備武彦《きびのたけひこ》)が遣わされた。また柊《ひいらぎ》の木で作った八尋の長矛が授けられた。この矛には呪力があるとされており、大王の力の象徴である。この矛の届いたところまでが、ヤマトの大王の力の及んだところとされているのだ。すなわちヤマトタケルは、大王の代理としてその格は最上位とみなされたのである。しかし今回も十分な兵力を付与されてはおらず、自分で兵士たちを集めてこないと足らないのは明らかだった。

大王の詔を拝聴しながらタケルは驚いた。まさか自分が次の東国遠征の総大将に任ぜられるとは思ってもいなかったのである。居並ぶ豪族や武将たちも一瞬どよめいた。まだまだ若いタケルに今度は東国を平定服従させる命令を下すというのは、やはり大王はタケルのことを快く思っていないのではないかと考える者たちもいた。しかし大王が居並ぶ臣下の前で公に発した詔は、もう絶対に取り消されることはないことを誰もが知っていた。

しばらくじっと平伏していたタケルは、大王の前で体を起こし、しっかりと大王の目を射貫くように見つめて、次のように述べた。

「大王のお言葉承りました。まだまだ未熟者ですが、私が大王の代わりに東国に向かいますからには、ヤマトの国の栄誉を辱めることなく力の限り努めてまいりたいと考えております。この地に帰りました時は、大王の心が安んじられますよう、東国の言向け、和平のために尽力してまいります」

タケルの心中とは裏腹に、大王に申し上げた言葉は素晴らしいものであった。大王も満足し、そこに居並んだ皇族や豪族たちもタケルの勇気に感嘆し心から賞賛したのだった。すべての人たちは、若き皇子ヤマトタケルの東国遠征の成功を心より望んだのであった。

2　タケルの涙

大王に対して立派に努めを果たすと誓ったものの、タケルはこの詔にやはり衝撃を受けていた。熊襲などの西の勢力を言向けして、纒向の地に帰ってから数年。もうしばらくはこの地で新しい文化や技術を学んで、広くこの国のために役立てたいと考えていたからだった。

こちらに敵対する者たちと戦えば、多くの人たちが犠牲になる。自分たちの肉親を失った家族は決してこのことを忘れないのだ。戦いの連鎖を食い止めるためには、相対するものが話し合うことによってお互いにより良いものが得られるようにするしかないことは十分承知している。しかしそれが可能になるには、まだまだ自分は若く、経験も浅いということをいつも感じていた。遠い大陸から押し寄せてくる新しい文化や技術、学問を少しでも自分のものにしてから、各地に言向けの旅に行きたいと考えていたのだ。しかし大王の詔には、そのような余裕は許されず、ただちに各地を制圧するようにという強い意志が込められていた。

悩みぬいたタケルは、伊勢の地にある神宮に向かった。西への旅立ちの時もこの地を訪れて、斎王である叔母の倭比売命に会い、貴重な助言と神の衣服を授かったのである。

伊勢の神宮に着いたタケルは、正殿で天照大御神に参拝した。倭比売命の住居で二人は対座した。タケルは久しぶりに優しい眼差しの倭比売命に会うと、急に悲しみがこみあげてきて思いのたけを打ち明けるのだった。

「倭比売様ご無沙汰しております。以前熊襲に向かう時は貴重なご助言と、神様の衣服を授けていただきありがとうございました。おかげで無事に役目を果たし、大和纏向の地に帰り着くことができました。今はヤマトタケルと名乗っております」

タケルはしばらく俯《うつむ》いていたが、こらえきれなくなり続けて語った。

「この度大王は私に新たなご命令をされました。まつろわぬ東の国々を従えてくるように言われたのです。大王は私が死んでしまえば良いと思っておられるのでしょうか。西の国の大王に服さない者どもとの戦いに遣わされ、その任を果たして帰ってきて報告してからまだ歳月もさほど経っていません。多くの兵士も与えられず、今度は東の十二の国の大王に服しない民らに言向けしてこいと仰せられました。大王の思し召しは、自分に服従しない民と戦って死んで来いと思っておられるに違いありません。私のことが憎いのでしょうか。こんなことがあるのでしょうか」

天照大御神の神殿の中であることも忘れて、タケルはおいおいと大声で泣き出してしまったのであった。

倭比売は泣き崩れるタケルを見ながら次のように言葉をかけた。

「大王はあなたの類《たぐい》まれな武力、才智、天運に驚いておられるのです。これまで大王が長い間戦い続けても、まとめることができなかった大八島の国を、どのようにまとめ上げるかは、大王の一番の心配ごとでした。あなた様の西国での働きをつぶさに聞き及んでから、この国を一つにすることができるのはヤマトタケルしかいないと考えたのに違いありません。

〝八尋の長矛〟を授けたということは、大王である自分の代わりにこの国をまとめて来いということです。あなたはこの国の長として出かけていくのです。泣いてはいけません。堂々と出立するのです」

倭比売命の強い言葉に、タケルは泣き止んだ。まだ悲しみを癒《いや》すことはできないが、倭比売命の言葉には自らの体験したことを踏まえての強い説得力があった。

倭比売命は、天照大御神の御杖代《みつえしろ》としてこの伊勢の地にたどり着いた。十年以上も各地を回られたのちに、「ここを私の居場所にしよう」という天照大御神の神勅が下されるまでずっと付き従ってこられたのである。

叔母である倭比売命のご苦労に比べたら、若い気鋭の男子である自分のつらさなど取るに足らないような気がしてきたのである。

「私は大王から、疎《うと》まれて東の国に追いやられるのではないのですね」

倭比売命は母親のような優しい眼差しでタケルに答えた。

「あなたのような立派な皇子はいません。早くこの国を一つにして、今よりももっと素晴らしい国に造り替えるのがあなたの役目なのです」

倭比売命の強く心の込もった言葉に、タケルはもうこれから決して泣くまいと心に誓った。

第九話

天照大御神の御神饌《ごしんせん》

倭比売命は、少し落ち着いてきたタケルに対して次のように言われた。

「あなた様は、次の大王になられる方です。八尋の長矛を授与されたということは、今回東国への遠征では大王と同じ権限と地位を持たれて向かうということです。ヤマト朝廷における地位は大王と同じとなりましたが、あなた様にはどうしても足りないところがあります。我々の先祖の神である天照大御神の前に近侍されたことがないことです。

大王は即位すると必ず『大嘗祭《だいじょうさい》』という大神様と一体となる祭事《まつりごと》があります。その祭事を経ることにより、神と言葉を交わすことができるとされています。もちろん大嘗祭はあなた様が大王になられてから執り行われる大切な行事です。

そこで今日は、『朝夕二回の大御饌《みけ》』のうち、夕の御神饌《ごしんせん》をあなた様が捧げてください。そしてあなた様が天照大御神の御神饌のご相伴《しょうばん》をしてください。そうすれば大神様がどのような神様であるのかおぼろげながらもわかるようになるはずです。そこで、あなた様の今後の考えや行動、政に対する取り組み方など大きく変わっていくことでしょう」

そう言ってタケルに、今から行われる夕の御神饌を捧げるための準備をするように伝えた。

タケルは、神宮の境内にある神水で全身の沐浴を済ませ、清めの塩をふりかけてお祓いを済ませた。まだ明るい夕刻に神宮の正殿に鎮座した。目の前には三種の神器の一つである八咫鏡が安置されており、静寂で厳かな空気が一帯を支配していた。しばらくして禰宜《ねぎ》が二台の食膳を運んできて、タケルの横に据え置いた。

タケルは恭しく鏡の前の平台の上に一つの御神饌を運んだ。そして自分の前にも八咫鏡に対峙する形で置き着座した。タケルが深く一礼してからご相伴が始まったのである。

時が止まったのではないかと思えるくらい静かな時間であった。タケルの目の前の食膳には、蒸したコメが茶碗に大きく盛ってあり、それが三膳もあった。焼鯛、アワビ、鰹節などの水産物、芋、大根、人参など根野菜の煮物、季節の果物である瓜が置かれていた。さらに御塩御水、御酒三献も置いてあった。立派な内容の食事であった。

タケルは、大神様の前ではあったが、急に空腹となり御神饌を食べ始めた。これまで食べたことのないような山海の美味もあり、すべて美味しくいただいた。はじめは多いように思えた三膳のご飯だが、これも一粒残さず食べてしまった。この日は快晴で風もほとんどなく、最後まで静かに時間は過ぎていった。タケルはお酒まですべて飲み干して食事を終えた。

「大神様、ご相伴させていただきありがとうございました。美味しい食事をいただいて、とても元気になりました」

深々と頭を下げて、このように礼を述べた。

しばらくしたら、禰宜が御神饌を下げにやってきた。もちろん大神様の御神饌は見た目には何も手は付けられていない。残った御神饌は随行した兵士たちに今から分け与えられるという。

タケルは恭しく拝礼して正殿を辞した。不思議なことにタケルには疲れはなかった。ほとんど緊張することもなかったのである。ただ自分が食事をしている間、何か大きなものに見守られているような気がした。しかし、自分は自分を変えようがないので、ただ無心に食事をいただいただけだった。本当に忘れられないような静かな時間を過ごしたのであった。

その後倭比売命の居室で、二人は話した。

「タケル様、今まで天照大御神のご相伴をされていましたが、何か思うことはありましたか」

しばらく考えていたタケルはこう答えた。

「倭比売命様。私には天照大御神のお声やお姿を見たり感じたりすることはできませんでしたし、神憑《かみがか》りになって神の御意思を告げたりすることもありませんでした。私たちが崇拝するご先祖や、各地におられる神々にいつも私たちがしていることと同じように、天照大御神には心から誠を尽くして祈りをささげました。

大神様の御杖代《みつえしろ》としてこの地に来られた倭比売命様は、ずっと毎日の御神饌の様子をみてこられたので、大神様が機嫌の良い時や悪い時などすべてわかるのだと思います。

美味しく御神饌をいただきながら、これを準備するのに、どれだけ多くの人たちの努力が傾けられたのか、どのような気持ちで大神様に奉納されたのかと思いを巡らしました。米を収穫するのに、一年間にどれだけの多くの人たちが手間をかけて働いてきたか、海の中に住む魚や貝を取ってこられる漁師や海女たちの苦労はいかばかりか、大事な塩や酒を時間をかけて準備する人たちのお心はどのようなものであろうかなどと考えてみました。

天照大御神がこの地に鎮座されてから20年たちました。その間一日二回の朝夕の大御饌は一度も途切れることなく、続けられていると聞き及びました。この神事が途切れることなく、天照大御神のもとにお食事が運ばれてくるということは、奉納した人たちの『私たちは幸せに暮らしていますので、天照大御神も心を安んじてくださいませ』という衷心《ちゅうしん》を感じました。このような神と人々の間の交わりが途切れることなく続く限り、平穏無事、平和な世の中が続くと思いました。

私はそういう世の中が続くように、自分にできる限りの努力を続けてまいります。大神様には、この世に天変地異の災害や民を苦しめる疫病などが起らぬよう守ってくださいと心を込めて祈り続けました」

倭比売命は、すっかり元気になったヤマトタケルを見ながら話した。

「天照大御神は今日はとてもご機嫌でしたよ。あなた様が、御神饌をすべて食べてしまったことが嬉しかったのではないでしょうか。この食事を作ったり、獲ってきたり、調理してくれた方々のことをしっかり考えながらすべて食べられたことをお喜びになったのだと思います。今の気持ちをずっと大切にお持ちになってこれから東国に向かってください」

倭比売はしばらく席をはずし、神殿の奥から神宝である刀剣を恭《うやうや》しく捧げて戻ってきた。

「この刀は、大昔須佐之男命が出雲で八岐大蛇と戦った時、その大蛇の体の中にあった〝天叢雲剣《あめのむらくものつるぎ》〟と称されている神の刀です。天照大御神から下賜されたこの刀は、この国の最も大切な宝の一つです。この神刀が役に立つのは今なのです。あなたが持っておられる間は、神々が守護してくれます。肌身離さず持ち歩いてください。

これからは一軍の長であるあなたは決して泣いたりしてはいけません。堂々と東国に行って、従わない人々に言向けしてくるのです。あなたの考えをしっかりと心を込めて話せば、誰もがあなた様に従うことでしょう。

もう一つこの袋をあなたにお渡しします。もしも大変なことに出会った時に、この袋を開けなさい。きっとあなたの役に立つはずです。お体をくれぐれも大切にして、無事に任務を果たして帰ってくることを心からお祈りしています」

タケルはみくさの爺から伝説として聞いた神宝〝天叢雲剣《あめのむらくものつるぎ》〟が、目の前に置かれたことに驚いた。大王家の宝を、今回の東国遠征に持って行くように託されたのだった。

倭比売命は優しくヤマトタケルを見つめていたが、その両目には大粒の涙が光っていた。ヤマトタケルは、何度も倭比売命にお礼を述べて、倭比売命からいただいた神刀と小袋を拝受して伊勢神宮を出立した。

大王の詔を賜って以来タケルは毎晩泣いていたのだが、倭比売命に会い励まされ、天照大御神の御神饌を相伴する機会を得てから、心の中の濃い霧が嘘のように消え去り、自分の使命を全うしようという気持ちが大きくなってきた。自分に課せられた役割がおぼろげながらわかったような気がしてきたのだった。

第十話　ヤマトタケルの東征

1　尾張の美夜受比売《みやずひめ》

伊勢神宮で斎王である倭比売命から、神剣である天叢雲剣《あめのむらくものつるぎ》と小さな袋を授けられたヤマトタケルは、東国に向かった。最初に向かったのは尾張の国であった。

古い伝承によると天照大御神の長男天忍穂耳命《あめのおしほみみのみこと》の子には兄弟がおり、兄は天火《あめのほ》明命《あかりのみこと》、弟は迩々芸命《ににぎのみこと》であった。大王家（天皇家）の先祖は迩々芸命で高天原から日向の高千穂の峯に天下りされたという伝説がある。兄の天火明命の子孫はのちに尾張の国造《くにのみやつこ》となり、この地を支配したとされる。

タケルはこの地で軍備を整えた。吉備氏の祖となる吉備武彦《きびのたけひこ》（御鉏友耳建日子《みすきともみみたけひこ》）が副官として補佐した。また建稲種命《たけいなたねのみこと》も副官格で従軍し、料理人として七掬脛《ななつかはぎ》が同行した。兵士たちの徴集には前回と同じく宮戸彦《みやとひこ》に依頼した。また弓の達人である弟《おと》彦公《ひこのきみ》もタケルの心情をよく知っており、快く同行してくれることになった。

熊襲での戦いでタケルの勇名は皆よく知っており、今回は大和の大王の代理ということで兵士たちの信頼は厚く、目標とする千人の兵士たちは割と早い期間で集めることができた。

尾張の国は古くからのヤマトを構成する拠点の一つであることから、国造の屋敷ではしばらくゆったりと英気を養うことができた。国造の家には、美夜受比売《みやずひめ》というとても美しい娘がいた。気立てもよく賢い娘でタケルは后にしようかと考えたが、東国の言向けの旅が終わってこの地に帰ってきてから后にすると約束した。

後日ヤマトタケルの一行は、尾張の地を旅立ち、東国遠征の旅に出かけたのである。

2　草薙の剣

ヤマトタケルの部隊は東国を目指して進んでいった。相模《さがみ》の国（今の神奈川県）に入ったばかりのところで、思いもかけずタケルを待ち受けていた女性がいた。后の一人である弟橘《おとたちばな》比売《ひめ》であった。

タケルには当時三人の后がいたが、出征した東国まで追いかけてきたのはこの弟橘比売だけであった。纒向の近くに住んでいたが、タケルが東国に出征してからは日ごとに寂しさが募り、一目でも会いたいという一心でこの地までやってきたのだった。

弟橘比売は、久しぶりにタケルに会えて嬉しさを隠しきれなかった。

「一目でもお会いしたいと思いここまででかけてきました。今日はお会いできて天にも昇る思いです。しばらくの間で構いませんので私をタケル様のおそばに置いて、身の回りのお世話をさせてください。私もタケル様と一緒に言向けの旅で戦いたいのです」

さらに懸命に話しかけるのだった。

「東国へのこれからの戦いが、タケル様とヤマトの国にとってどれだけ重要であるかよく知っておりますし、大変危険であることも覚悟の上のことです。私は決してタケル様の足手まといにはなりません。タケル様のすぐ近くであればどんなことがあろうとも耐えるつもりです。どうぞおそばに置いてください」

タケルは、戦いがいかに危険で、命の保証もないかをよく話したが姫の涙ながらの決意は固かった。その熱意に心打たれて、タケルはしばしの同行を許したのだった。

数日後の夕刻、相模の国造《くにのみやつこ》がタケルらの宿営地にやってきた。

「遠い大和の地からおいでくださりありがとうございます。この地は平穏無事で、ヤマトの大王に昔から仕えております。はむかうものは鼠一匹とておりませぬ。この地でしばらくの間ご休養されてから、次の国に向かわれるのがよろしいと思います。今日はこの地で獲れました山海の美味、珍味を取り揃えてまいりました。どうぞご覧くださいませ」

国造たち一行が持ってきたのは、大きな猪や鹿など食用の野生動物、鰹《かつお》、鯛《たい》、鮃《ひらめ》などの海の魚、栄螺《さざえ》、鮑《あわび》、蛤《はまぐり》などの貝、そして果物や芋、米などたくさんの食料が運ばれていた。

「少しばかりですが、酒もあります。ゆっくり美味しいものを召し上がってください。兵士の方々にもたくさん準備していますので喜ばれることと思います」

頭も低く、丁寧な物腰でタケルに話した。タケルも礼を述べた。

「本当に素晴らしい食べ物を持ってきていただき、ありとうございます。遠慮なく頂戴いたします。この国は気候も良く、山や海の眺めも素晴らしい。たくさんの美味しいものが採れることでも有名です。兵士たちもきっと喜ぶことでしょう」

タケルに随行した膳夫《かしわで》（料理人）の七掬脛《ななつかはぎ》が、彼らが運んできた材料を即座に受け取って、夜食の準備に取り掛かった。久しぶりの豪華な食事に兵士たちも大いに期待していた。

国造は退出する時申し添えた。

「この地の北に広がる広い野原の先に大きな沼があり、そこにたいそう〝ちはやぶる神〟がおられます。しばしばこの地に災いをもたらして人々を悩ましています。タケル様のお力で言向けしていただければ助かるのでございますが」

「ちはやぶる神」というのは、霊力が強く大きな災厄をもたらすという意味であろうか。そこに住んでいる人々が恐れている神ということであった。

「わかった。明日その沼を見に行こう」

大きな沼に霊力の強い神が住んでいると聞けばタケルも見に行かないわけにはいかなかった。

その夜は、国造から差し入れられた久しぶりの山海の珍味を、腹いっぱい食べて、タケルの一行は楽しく夜を過ごしたのだった。

その夜ずっと遠くの高台から、タケルらの宿営地を眺めていた一団がいた。先ほどの国造らの一行だった。

国造は薄ら笑いを浮かべながら、

「明日はタケルの一行を一網打尽にしてみせる。この国を大和の奴らの好きなようにされてたまるものか。みんな手筈どおりにして、ぬかるのではないぞ」

そう部下に命令してその場を離れたのだった。


翌朝のことである。タケルがその沼に向かおうとすると、弟橘比売が突然やってきて、以下のように述べた。

「タケル様、私は嫌な予感がするのです。今日はその沼には行かないでください」

突然の姫の言葉に驚きながらも、タケルは言った。

「神の住むそんな沼があるとは聞いたことがない。今日はその沼を見に行くだけで、すぐ引き返すつもりだ。心配しなくてもよい。大丈夫だよ」

「タケル様、私はとても心配です。私も連れて行ってくれますか。近くにタケル様がいなければ心配で、気が気ではありません」

「その近くを歩いて見回るだけだ。すぐ引き返すのだが、それで良ければお前も一緒についてきなさい」

タケルと直属の部下と弟橘比売命ら十名は、案内の国造の部下たちとともに広い野原の中を大沼に向かって進んでいった。その日は朝から山おろしの強い風が吹きすさぶ日であった。背の高さほどの葦《あし》が群生しており、風で大きくたなびいていた。周囲を見渡すことはできなかった。広い草原が続き、なかなか目指す沼にたどり着けなかった。そのうちタケルと弟橘比売の二人が、一行とはぐれてしまった。案内していた土地のものはいつのまにかいなくなってしまった。引き返そうとしても、野原の中を見渡せる高台もなく、まるで迷路のようなところで、やってきた道もわからなくなってしまった。

そうこうするうちに遠くの野原に広がる黒い煙と火柱が見えてきた。強い風に煽られて火は激しく燃え盛り、帰ろうとする方角を塞いでしまった。

また遠い後方からも激しい火の手が上がり、どこにも行く道がなかった。

「しまった。あの国造らに騙されてしまったか。四方から火をつけられてしまった。姫大丈夫か。どんなことがあっても決して私から離れるのではないぞ」

弟橘比売命は、タケルのそばにいて大きく頷いた。

タケルは伊勢神宮の倭比売から、困ったときに開けるように託された小袋をあけて中を調べた。中には火打石が入っていた。

「この燃え盛る火の手の中で、火打ち石をどうすれば良いのだ」

その時タケルの背中から、強い風が火の手の上がる方向に吹き込んできた。ふと気が付いたタケルは、倭比売から賜った天叢雲剣を抜き放った。空に向かって右手で神剣を力強く差し伸べた。すると曇っていた空の一部が開いて、タケルに向かって一筋の光が差し込んできた。さらに吹き荒れていた風がピタリと止まったのである。

これを見たタケルは、周りの枯草を天叢雲剣で次々と薙ぎ払っていった。周りに大きな空き地ができるほど枯草を切り払い、これを集めるとたくさんの枯草の山ができた。火打石を二、三回打ち擦った。するとすぐ枯草に火がつき、みるみるうちに周りに燃え広がった。煙と火炎が大きく上がってきた。そして神剣を両手で真上にかざして目を閉じて祈った。

「天照大御神をはじめとする神々よ、どうか我々をお守りください。私は神々から与えられた大八島の国に住む人々を一つにして、そしてこの国を未来永劫に守り抜くためにこの地にいます。お力を授けてください。私の祈りが叶うなら、これからもこの命をこの国のために捧げつくします」

祈りが終わり目を開くと、無風であった風が再び吹きすさび、今度はこちらでつけた火が、向こうの火の手の方角に向かって燃え始めたのである。タケルのつけた火が迎え火となって、これまで燃え盛っていた火と合流して、みるみるうちに敵のいる方向に広がっていったのである。背中に迫っていた火の手もこちらには向かわずに反対の方向に広がっていった。タケルのいるところを中心にして、その周りに火の手がどんどん広がっていったのである。

ふと気が付くと、弟橘比売の姿がなかった。大声で姫を探した。

「おーい姫、オトタチバナヒメ。どこにいるのだ。もう大丈夫だぞ」

弟橘比売は、少し離れたところで気を失って倒れていたが、タケルの大きな呼び声で目を醒ました。タケルは姫を抱きあげた。

「タケル様のお言葉で気が付きました。もう大丈夫です」

しばらくすると、はぐれていた部下の武将たちが二人を捜しに駆けつけてきた。

「今から国造の一味と戦う。初めから私たちを騙すつもりだったのだ。我々に手向かうものは容赦せずに滅ぼすのだ。逃げる者、武器を捨ててこちらの味方となる者には手を出してはいけない」

タケルの一団は軍備を整えてから、国造の一団と戦った。弓、槍、刀など圧倒的な武力を誇るタケルの一行はただちに勝ち進み、国造の一味を完全に滅ぼしてしまった。この地は火で焼き尽くされたことから、以後焼遣《やきつ》（焼津）と呼ばれるようになった。

天叢雲剣は、タケルが絶体絶命の時に神の霊力のもとで周りの草を薙ぎ払い、迎え火をつけて身を守ることができたことから、この戦いの後から「草薙《くさなぎ》の剣《つるぎ》」と呼ばれるようになった。現在も鏡、勾玉《まがたま》とともに三種の神器として天皇の地位を示す宝物である。天皇の即位とともに代々受け継がれているのである。

3　弟橘比売命の入水《じゅすい》

タケルを総大将とするヤマト朝廷の軍団は、焼津の戦いののち兵団を整えてさらに東に向かって進んでいった。今でいう東海道をさらに進んでいったのである。

三浦半島は対岸の房総半島と両手で塞ぐようにして東京湾の入り口を作っている。その手の間をすり抜けるようにして浦賀水道が通じているのである。タケル一行が到着したのはその三浦半島の東南側にある小さな入江となっている港で、のちに走水《はしりみず》と呼ばれるところである。

当時東国に行くには、東京湾の入り口であるこの地から海を渡って房総半島までいかなければならなかった。現在の東海道に対して、この海を渡っていく道は「古東海道」として知られている。今の東京、横浜、川崎などのある武蔵の国は、当時は広大な湿地帯で、関東に行くにはこの地を避けて、房総半島に渡って関東を目指したとされている。今の東海道が整備されたのは鎌倉時代以降になる。

房総半島は走水の入江からすぐ近くであるが、この間を通る海峡は潮の流れが速く、天候が悪くなれば当時の船ではしばしば遭難することもあったようだ。

負傷した兵士の治療も済ませ、持っていく食糧の準備も済んだことから、いよいよ明日はタケルの軍勢が房総半島に渡るということが決まった。

この地での最後の日に、タケルは弟橘比売命と二人でゆっくり過ごした。この地で別れると以前から伝えており、姫も納得していた。弟橘比売命にとっては、タケルがここまで自分を連れてきてくれたことが夢のようなことであった。二人は入江の南側にあり海側に突き出て小高い丘となっている岬まで歩いて行った。そこは房総半島や現在でいう東京湾をよく見晴らすことのできる絶景の地であった。その地域には海の潮流の関係で遠く南の島々から流れ着いた植物の種子が自生して、普通見られない珍しい樹木もたくさん育っていた。

その日は特に天気が良く、目の前の海峡を挟んですぐ向こうに大きな半島がずっと北の方まで広がって浮かんでいるように見えた。小高い丘の頂上に立つと、美しい夏の青空に緑の山々が連なり、泳いでもたどり着けそうなくらいに近く見えたのだった。

「タケル様は、明日はあちらに行ってしまうのですね。もうこれが最後かもしれませんね」

と弟橘比売命は急に寂しげな言葉を発したのだった。

「姫、何を言う。元気でいればまた会えるではないか。大王に命じられた仕事を果たしたら、大和の国に帰ってくる。それまで体を大切にして待っていてください」

姫は頷いたものの、このまま別れるのが辛くてどうしようもなかった。暑い夏の日は、弟橘比売命の悲しみを癒すことなく暮れていったのである。

翌日の朝、空は素晴らしい晴天で対岸の半島に向かうには最適の日和であった。朝タケルが顔を洗っていると、弟橘比売命が青ざめた顔でやってきた。

「タケル様、昨晩私は恐ろしい夢を見ました。ひどい嵐がやってきて、タケル様の船が雨と風に弄ばれているのです。この海峡にいる神が怒り狂っておられるのです。何度も何度も同じ夢が続きました。どうぞ今日の出発を取りやめてください。きっとタケル様の身の上によくないことが起こるような気がするのです」

タケルは、住まいの窓から空を見上げながら、

「姫、こんなに良い天気です。そんな恐ろしい天気になるはずがないでしょう。もうみんな出発の準備もできている。今からやめるわけにはいきませんよ」

確かに船出には素晴らしい天気ではあったが、弟橘比売命はなおも懸命に訴え続けた。

「いえ今は良い天気でも、ものの半刻もあれば天気は大きく変わります。私の予感は本当に当たりそうな気がします。どうしても出発をおやめにならないのでしたら、私を向こう岸まで連れて行ってください。船の中で、タケル様の一行の無事を祈らせてくださいさい。無事向こうに着いたらそこで本当のお別れとします。ぜひとも私の願いを聞いてください」

あまりに強い弟橘比売命の願いに、タケルも折れて向こう岸まで船に同乗させることとした。

「わかりました、船の中でみんなの無事を祈ってください。向こう岸まで一緒に行きましょう」

タケルの一行が対岸を目指して走水の入江から船出した。この上ない素晴らしい青空が広がり、日差しは強いものの気持ちの良い浜風が吹き渡っていた。出発してしばらくすると、今までの青空に徐々に大きな雲が広がってきたのだった。さらに進んでいくと遠くから雷鳴が轟いて空が暗くなり、風や波が強くなってきた。タケルは一行を勇気づけるために檄をとばした。

「こんな小さな海は大したことはない。目指す陸地はすぐそこではないか。飛び上がって走ってでも行ける近い距離だ。みんな頑張るのだ」

大声で叱咤《しった》激励した。この海峡の荒ぶる神はタケルの言葉に怒ったのか、さらに空には幾重にも大きな雲が立ち込めてきて暗くなってきた。稲光が轟音を伴って何回も海峡に落ちてきた。船を吹き飛ばすような強い風が吹きつけたら、今度はたたきつけるような雨が降り注いできた。大きな浪が何度も何度もタケルの船に襲いかかってきた。

船はぐるぐると廻って、大海に浮かぶ木の葉のようにもてあそばれるようになった。前にも後ろにもまったく進むことができなくなってしまった。

空は厚い雲に覆われて、いつのまにか夜のように真っ暗となり、時折見られる稲妻で周囲が一瞬だけ照らし出されるのだった。船は左右に揺れて、波しぶきが容赦なく入り込んできた。兵士たちも柱や船べりにつかまって身を守るのが精いっぱいだった。

弟橘比売命が憂えていた大暴風雨が本当にやってきたのだ。

大揺れの中の船室でじっと耐えながら一心不乱に祈っていた弟橘比売は、タケルに申し上げた。

「タケル様、今はこの海峡の神がお怒りになられています。この怒りを鎮めるには、誰かが海の神のもとに身を捧げなければなりませぬ。私を行かせてください。海の中に入ります。タケル様は、大王の詔でこの地にやってきて、東国をすべて言向けして従わせるという大切なお仕事が残っています。この仕事を成し遂げて、大王に報告してくださいませ。

いまだ一つにまとまらないヤマトの国々ですが、タケル様のその優しさと叡智で必ず人々がお仕えするようになります。私にはその時が見えるのです。私には何の力もありませんが、今この時に海の神に身を捧げることによってタケル様のお役に立つのであれば、きっと後の世まで人々が私のことを覚えておいてくれることでしょう。私はあなた様の后として本当に幸せでした。タケル様の無事と大役を果たされることを念じております」

「姫、何を言うのだ。あなたを一人守ることができなくて、私に何ができるというのだ。もうしばらくすれば、この嵐も収まるに違いない。私と一緒にじっと辛抱すれば、必ず向こう岸に着くことができるのだ。行ってはならない。ここにいるのだ」

吹きすさぶ嵐の中で、二人は手を取り合い強く抱き合った。

「タケル様、このままでは私たちだけでなく、ずっと一緒に苦労して付き従ってくれた若い兵士たち、優秀な武将たち、それに案内してくれて船を操縦してくれたこの地の方々などみんな荒海の中に呑み込まれてしまいます。どうぞタケル様のそばから離れることをお許しください。私は本当に幸せ者でした」

そういってタケルの腕を振りほどくようにして離れ、船べりに行った。

タケルは泣きながら叫んだ。

「姫申し訳ない。私の油断でこんなことになってしまった。あなたのことはずっと忘れないぞ」

弟橘比売が海の中に身を投げようとする前に、海の上に兵士たちは菅畳《すがたたみ》八重、皮《かわ》畳《たたみ》八重、絁畳《きぬたたみ》八重を敷いた。そこだけは波が急に静かになった。弟橘比売は敷き詰めた畳に足を踏み入れ、そこに正座し、目を瞑《つむ》り両手を合わせた。弟橘比売は落ち着き払って歌った。

さねさし　相模《さがむ》の小野に　燃ゆる火の
火中《ほなか》に立ちて　問ひし君はも
（引用文献４）

［現代語訳］
相模の国の野原の中で　敵に放たれた火が燃えさかる中で　草を薙《な》ぎ払い
迎え火をして立ち向かい
その火の中に立ち上がり　一生懸命私の名を呼んでくれた
タケル様決してこのことは忘れません

タケルや兵士たちが固唾を呑みながら見守っていると、次の瞬間大きな波がやってきて一瞬で姫をさらっていき、あっというまにその姿が見えなくなってしまった。泣きながら姫の名を叫んでいたタケルは、弟橘比売の最後の姿を見届けたのである。

その後不思議なことに荒波はみるみるおさまり、空を覆っていた暗雲は流されて、空の一角から青空が広がり、さらに陽の光が差し込んできた。しばらくするともとの穏やかな海に戻ったのだった。タケルらの一行は無事向こう岸にたどり着くことができたのであった。

七日後、弟橘比売命の櫛が海辺に流れ着いた。タケルはその地に陵墓を造り形見の櫛を納め丁重に弔ったのだった。

第十一話

東国でのヤマトタケル

タケルはこれまでヤマト朝廷に服属しなかった東北の地に向かい、蝦夷のいくつかの部族と相まみえた。戦うことはせず、各部族の長らと根気良く話し合いを続けた。いわゆる言向けをおこなったのである。

これまで何回もヤマト朝廷に対して反乱を繰り返し敵対してきた各地の長は、ヤマトタケルに皆殺しにされるのではないかと恐れ慄《おのの》いていた。

ヤマトタケルという若者はヤマトの国の大王と同じ権限を有しており、強いことこの上ないという知らせが届いていたのである。はるか西の国のことだが、その勇名が全国に知れ渡っていた熊襲健兄弟を、一人で戦い打ち破ったというタケルのことは、すでにこの東国のすみずみまで知れ渡っていた。

ヤマトタケルが兵士を連れてやってくるとの知らせが届くと、ほとんどの国の豪族たちは、敵対することなく自ら進んでタケルの傘下に加わろうとして迎え入れた。ただどんなことを命じられるのかと不安であった。

タケルは各地の豪族たちに、次のように語った。

この小さな国の中でお互い戦うことはやめて、豊かで強い一つの国を創っていこうではないか。戦うことによって一時的な戦利品や支配地の増大はあるかもしれないが、戦う限りはまた奪われ失うこともたくさんある。こういうことは早く終わらせて、豊かな国作りを一緒に目指そうではないか。戦がなくなれば、それぞれの地の余ったものを他国に与えて、その国にないものを他の国から取り入れることができる。お互いに交易を繰り返して、豊かな国を創り上げるのだ。穀物もあたらしい農具を使うことによって、もっと多く収穫することができるのだ。このようなことを伝えた。

関東、東北の国々はタケルの強い意志と人々への熱い思いを直接聞き、その姿を目の当たりにして、次々と服属していった。

優秀な若者たちを大和纏向の地に派遣することにした。そこでは、新しい祭祀の方法、古墳の造成法、田畑の改修の仕方や農作業に必要な農機具や道具の作り方などを教えるよう手配もしたのである。

また各地の海、山、川、湖に太古の昔からおられる神々に対しても、この地の平穏安寧を祈り、人々を守り続けるようタケル自ら祈りを捧げたのである。

タケルの祈りが終わると、その地の神々に祈りが通じたのか、しばしば山々の地響き、突然の雨と大きな虹、黄金色に輝く霧雨など、その場に居合わせた人々の周囲に不思議な現象が次々に現れたのである。ヤマトタケルは、勇猛果敢な武将であるだけでなく、神への祈りを捧げることのできる優秀な霊能者でもあるとすべての人々が思い知ったのである。

大王から指示された関東、東北の荒々しい部族や神々をすっかり言向けしてしまい、この地をヤマトの大王の治める地域としたのである。焼津の地で危うく殺されかけた時に戦っただけで、後はほとんど戦争をすることもなく平和裡に東国をまとめることができたのであった。


タケルは長い遠征を終えて、足柄の坂本まで戻ってきた。その坂の上に立って、東の方向を眺めるとこれまで通ってきた東の国々が遠くまで見渡すことができた。その時海中に身を投げて、みんなの命を救ってくれた弟橘比売のことが思い出された。むせび泣きながらタケルは東の国々に向かって大声で叫んだのだった。

「吾妻《あづま》はや！」（聞こえるか、我が妻よ）。

「吾妻はや！」「吾妻はや！」

三度の大きな声は周囲に響き渡った。

このこと以降、東国のことを「あづま」というようになったといわれている。

タケルは足柄坂を越えて甲斐の国に入り、酒折宮《さかおりのみや》に宿営した。庭に篝火《かがりび》が灯され、新たな夜を迎えようとしていた。これまでの長い旅を偲びながら、ふと次のように口ずさんだのである。

新治《にいばり》　筑波を過ぎて　幾夜か寝つる　（引用文献4）

［現代語訳］
新治、筑波を過ぎて幾夜ねたものかなあ

その時庭の端に控えていた御火焼《みひたき》の老人が、朗々とした声で次のように続けて歌ったのである。

かがなべて　夜には九夜《ここのよ》　日には十日を　（引用文献4）

[現代語訳]
日々数えてみるに、夜は九夜、日は十日たちました

澄んだ清らかな唄声の老人を一同は注目した。タケルは立ち上がり、老人のそばに近寄っていった。そして今度は大きな声で先ほどの自らの言葉に抑揚をつけて復唱すると、すぐさま老人は再び歌ったのである。

新治《にいばり》　筑波を過ぎて　幾夜か寝つる
かがなべて　夜には九夜《ここのよ》　日には十日を

一同の者は、二人の歌を聞きながら長い旅路を思い返し、皆の無事を喜び合ったのである。この老人はタケルからたいそう気に入られ、東国の国造に任ぜられたのである。

なおこの二人の歌の問答が、我が国の連歌の始まりとされている。

第十二話　美夜受比売との再会

尾張の国に帰ってきたタケルは、出発前に后とする約束をしていた美夜受比売の居宅に着いた。約束通り比売を后にした。ようやく東国遠征の旅を終えて、大和の地まであとわずかのところまで帰ってくることができた。尾張の国は昔からヤマト朝廷に仕えており、この地は東国への出発地とされていた。この地まで帰ってくればなにも心配することはなかった。数か月の間この地に滞在し、美夜受比売やその一族の心からの歓待がタケルを喜ばせた。

ある夜食事をした後、美夜受比売はずっとタケルに尋ねてみたいと思っていたことを思い切って話してみた。

「タケル様は、その懸命な努力によってこの国の各地で大きな力を持っていた豪族たちを次々にヤマト朝廷に服属させました。本当に素晴らしいことだと思います。これから纏向の朝廷に帰ってから、大王と一緒にこの国を変えていこうと考えておられるのでしょうが、どのような世の中を作ろうと考えておられるのですか。私に教えていただけないでしょうか」

タケルは真剣なまなざしの比売の問いに優しく答えた。

「私が目指していることは決して難しいことではないけれど、実際にはとても困難なことがたくさん待ち構えている。私一人でできることではないだろう。これから何年も、いや百年、千年先のことかもしれない。人はそれぞれ皆顔が違うように、背の高さも、体の大きさも違っています。さらにその人の育ち、性格や好み、得意なことも違う。男、女の性別でも考え方や生活が違います。各人各様で、誰一人として同じ人はいないのです。

人には皆嬉しいこと、楽しいことがそれぞれにあると思います。たとえ小さな子供でも、体の動かなくなった病人や年老いた人でも、生まれつき体の不自由な人でも、みんなそれぞれ幸せと感じることを持っていると思うのです。例えばもの心がまだつかない小さな赤ん坊でも、母親の与えるお乳を飲む時の嬉しそうな顔を思い出してごらんなさい。私はそんな一人一人が幸せだなと感じる世の中を守ってあげるのが、この国をまとめる者の役割と考えています。

人々の幸せは、少し油断すると人々のつまらない戦いで吹っ飛んでしまいます。これまであまり経験はありませんが、遠い隣の国が戦いを仕掛けてくるかもしれません。また大きな台風や、水害、地震などの天地の災害が起こるかもしれません。私の仕事は、国の平穏と日々の幸せな暮らしを守り抜いてあげることだと考えています。それが一人一人の笑顔や喜びを持ち続けることにつながるのだと思います。

当たり前といえば当たり前、平凡といえば平凡、何というほどのこともないかもしれません。でもそれだけのことを守り抜くことがどれだけ大変なのか、今しみじみ感じているところです」

美夜受比売は、タケルの言葉を嬉しそうに聞きながら、笑顔でそっとささやいた。

「タケル様、私の喜びはタケル様の近くにずっといることです。私の願いも必ずかなえてくださいね」

しかしタケルと美夜受比売の幸せは長く続かなかったのである。

第十三話　伊吹山の神

大和の纏向の地に戻り、大王に遠征の報告をする日が近づいてきた。その前に、美濃と近江の国境にある伊吹山の荒ぶる神への言向けに行くことになった。

地元の住民から、

「この山は冬には山颪《やまおろし》の突風が吹きすさび、大量の雪と氷が積もって山を越えることができません。春夏は濃い霧で先が見えなくなったり、大雨が続いて麓の川がしばしば氾濫《はんらん》します。この霊力の強い伊吹山の神を、ヤマトタケル様に言向けしていただけないでしょうか」

という願いがたくさん寄せられていたのだ。昔から神の力が強いことで有名な山で、地元の人たちは隣国に行くにもこの地を避けて大きく迂回して行くことも普通であった。

タケルは自分に課せられた最後の仕事と思い、この山の神と対峙することに決めたのだった。この仕事が終わってから大和に帰ることにした。伊吹山に向かう一行は十数名という少数であった。出発にあたり部下に述べた。

「今回は、私の力だけで伊吹山の神と戦ってみよう。この近くに暮らしていてとても困っている人々の一人として、山の神に願いを伝えるのだ。いくら強いとはいえ、いざとなれば素手でも勝てるに違いない。倭比売命から預かった〝草薙の剣〟は、今回は持っていかずに美夜受比売のもとに置いていこう」

そういってタケルは、伊吹山の神と自分一人の力で対決することを決めていた。草薙の剣はこの地に残されたのだった。

まだ秋の中旬にしてはうすら寒い日であったが、山の麓は良い天気で風も強くなかった。一行は頂上を目指して少しずつ登って行った。登り始めてふた時を過ぎたころであった。山道で上から降りてくる牛ほどの大きさもある白い猪に突然出会った。

タケルは、身構えながらも言挙げした。

「この猪は山の神の使いであろう。今殺さなくても、帰りに殺せば良いだろう」

実はこの猪は伊吹山の神そのものだったのである。神に言挙げするのは絶対にしてはいけないことであった。大きな猪は徐々に後ずさりして、タケルたちの目の前から消え去った。

しばらくすると空は分厚い雲に覆われ、吹き飛ばされそうなくらい強い風が吹き始めた。気温も徐々に下がっていき、手足がかじかんできた。すると突然パラパラと音がして小石のようなものが空から降ってきた。手に取ってみるとかなり大きな氷の塊で、次から次にタケルらの一行を目がけて、まるで投げつけられているかのように飛んできたのである。大きな雹《ひょう》から体を避けようと、木陰に身を寄せたのだったが、猛烈な風の中あらゆる方向から襲いかかってきた。しばらく身をかがめてじっとしていたが、体が震えるほどに寒さも増してきて、タケルは体力も気力も奪われてしまった。意識も朦朧としてきた。伊吹山の神の怒りが、言挙げしたタケルに向けられたのである。

このまますべての力を失ってしまい、山の神に命さえも奪われるかに見えたタケルであったが、最後の力を振り絞って体を起こした。吹きすさぶ突風と石礫《いしつぶて》のような雹が飛んでくる中を立ち上がり、両手を合わせ目を閉じた。顔や両手は膨れ上がり、いたるところから血が滲み出ていた。タケルは一心に祈った。

「伊吹山の神よ。私があなた様の力を侮ったのがいけなかった。お怒りになられる姿を全身に感じることができます。ここは私の一命を賭してお願いを申し上げます。お聞き届けくださぃ。この大きな山の周辺には数多くの民が暮らしております。その人たちの暮らしと命を守ってあげていただきたいのです」

そこまで想念したとき、地響きのような大きな音があたり一帯に轟いた。これは山の神がタケルの言向けに応じた験《あかし》だった。タケルには山の神の言葉が確かに聞こえてきた。

「お前は若いのに私と戦おうという勇気をもっているようだ。話を聞いてみようか。私のやっていることに不服があるというのか」

タケルは目を閉じたまま黙想を続けて、山の神に伝えた。

「夏の大雨や、冬の大雪、春秋の濃く深い霧などは、人々が困ることもありますが、この地の自然がもたらす大きな恵みともなります。雪や氷、大雨は、大地の恵みでもあり、これによってありとあらゆる生き物が生きていくための恩恵を受けています。豊かな水は山野を潤し、大きな川となり、滋養にあふれた土砂を下流に運びます。魚は新しい水で大きく育ち、我々の生きていくための食糧となります。これらは神のお計らいであることは皆よくわかっています。

ただあまりにも大きな気象の異常で雪、雨、霧、嵐がやってくると、住んでいる人々とこの山の大自然の調和が乱されて、大きな災いとなります。何とかこの地でいつまでも暮らしていけるようにご配慮していただきたい。このことを祈り願いに参りました。私の命が奪われようとも、この願いをこの山の神に伝えるために私はここにやってきました」

朦朧としながらも、タケルはなおも祈り続けた。

「私は命果てるとも、こののちヤマトの人々の神となり、彼らをずっと守り続けます。私はあなたをもう恐れてはいません、私の心はあなた様に届いたと信じています。必ずやこの地の人々を大きく温かく見守られているのだとわかっております」

そう黙想したのち、その場に倒れたのであった。しばらくすると、突風も雹もおさまり、雲も少しずつ薄らいで、陽が差してきた。倒れて意識も朦朧としていたタケルは、部下の呼びかけに目を開き、体を起こした。伊吹山の神と対峙したタケルは、体力、気力もほとんどを奪われていたが、何とか立ち上がり踏ん張ることができた。ここからは山道を引き返して、大和の地を目指す最後の旅が始まったのである。

第十四話

タケル最後の旅

伊吹山の南麓を下って行ったタケルら一行は、暴風や大きな雹を受けて心身ともに傷つき、足取りも重く進んだ。途中玉倉部というところに清らかな泉が湧き出ており、その水を飲むことによりようやく生気を少し取り戻したのであった。一心に大和纏向の地へ向かった。

そこから広い野原に着いた時、こう言われた。

「私の心はいつも自由に空を鳥のように飛んでいくほどに元気だった。ところが今は、私の足は思うように歩くこともできず、たぎたぎしく（＝ぎくしゃくと）なってしまった」

と嘆かれた。そこでこの地を「当芸《たぎ》」と言われるようになった。

そこから少し進むとたいそうお疲れになられたことから、杖をつかれて少しずつ歩かれた。それからこの地を「杖衝坂《つえつきざか》」と言われるようになった。

さらに尾津の岬の一つ松まで行くと、今回の東征に行く前にそこで食事をして、置いたままの刀が残っていた。そこでタケルは歌を詠んだ。

尾張に　直《ただ》に向かへる
尾津の崎《さき》なる　一つ松　あせを
一つ松　人にありせば　太刀佩《は》けましを
衣《きぬ》着せましを　一つ松　あせを
（引用文献4）

［現代語訳］
尾張にまっすぐに向いている
尾津の岬にある一つ松よ　おうい
一つ松よ　お前が人ならば
太刀を佩かせ、衣を着せるのだが

一つ松よ　おうい

その地を出て小さな村に着いた時、タケルは言った。
「私の足は腫れていて、まるで三重《みえ》に折りたたんだ餅のように腫れている。とても疲れてしまった」
このたちこの地は「三重」と呼ばれるようになった。

さらにそれから能煩野《のぼの》にお着きになられた時、故郷をしのんで歌われた。

倭《やまと》は　国のまほろば
たたなづく　青垣
山隠《やまこも》れる　倭し麗し
（引用文献4）

［現代語訳］
大和の国は本当に素晴らしいところだ
見渡す限り続く青々とした

垣根のような山々の中にある
大和の国は美しい

さらに歌われた

命の　全《また》けむ人は　畳薦《たたみこも》
平群《へぐり》の山の　熊白檮《くまがし》が葉を
髻華《うず》に挿せ　その子　（引用文献4）

［現代語訳］
元気で健やかな人は
美しい平群の山にある熊樫《くまかし》の葉を
かんざしにして挿しなさい　元気な子供よ

これが思国歌《くにしのびうた》である。さらに歌われた

愛《は》しけやし　吾家《わぎへ》の方よ
雲居起《くもいた》ち来《く》も
（引用文献4）

［現代語訳］
愛おしい我家のあたりから
雲が湧きあがりこちらにやって来るようだ

これは片歌《かたうた》である。
この時ヤマトタケルの容態がにわかに悪くなった。

嬢子《おとめ》の床の辺に　我が置きしつるぎの大刀《たち》
その大刀はや
（引用文献4）

［現代語訳］
おとめ子（美夜受比売《みやずひめ》）のもとに
私が置いてきた大きな刀（草薙の剣）

大事なあの刀はどうなったのだろう

歌い終わるやヤマトタケルはとうとう力尽きてしまい崩御された。このことを知らせるためにただちに朝廷への早馬が送られた。

こうして数々の偉業を成し遂げ、波乱に満ちたヤマトタケルの生涯は幕を下ろしたのだった。

番外　白い鳥となり空を舞うヤマトタケル

大和纒向《やまとまきむく》におられた后や皇子たちは、タケルの訃報を受けて悲しみに暮れ、能煩野《のぼの》に陵を作った。悲しみは、その時に詠まれたという以下の歌にも現れている。

なづきの田の　稲幹《いながら》に　稲幹《いながら》
匍《は》ひもとほろう　野老蔓《ところかずら》
（引用文献4）

［現代語訳］
陵《みささぎ》のそばの田の　稲茎に何度も
何度も体をひっかけながら
山芋の蔓草のように地に這い回って
私たちは泣きじゃくっています

ここでヤマトタケルは、八尋もある大きな白千鳥となって大空を駆け巡り、浜辺に飛んで行った。后や皇子たちは、足を傷つけながらもその鳥を追いかけた。その時に詠まれた歌。

浅小竹原《あさじのはら》　腰なずむ
空《そら》は行かず　足よ行くな

（引用文献4）

［現代語訳］
丈の低い篠原が続いているが　追っかけようにも
腰に巻き付いて進めない
空を飛んでいくわけもいかない
足で歩いていくのだがもどかしい

その千鳥を海まで追いかけ、詠んだ歌。

海処《うみが》行けば　腰なずむ
大河原《おおかはら》の　植草
海処《うみが》は　いさよふ

（引用文献4）

［現代語訳］
海に行けば　腰は水につかって動けない
大きな川に自生する　水草のように
海の中では　ゆらゆらと漂うだけだ

その鳥が磯に降りた時に詠まれた歌。

浜つ千鳥　浜よは行かず　磯伝ふ

（引用文献4）

［現代語訳］
タケル様の生まれ変わりの浜千鳥よ
浜にはいかないで　磯を伝い歩きしている

（これが私たちの見える最後の姿なのか）

以上の四つの歌は、ヤマトタケルの御葬儀で歌われた。いずれも喪失感やヤマトタケルへの強い思いがあらわれている。以後現在に至るまで天皇の御葬儀にはこれらの歌が歌われているとのこと。

明治、大正、昭和の天皇の大葬の際にも、この歌が唱和されていることが記録に残っている。

白い千鳥はその地を飛び翔けて行った。河内の国の志幾《しき》に留まった。そこに御陵を作り、その名を白鳥御陵と名付けられた。

さらにその地からも白千鳥は大空に翔けていったとされている。

日本各地に白鳥が降り立ったという伝説が残っており、各地に神社が建てられている。未だに多くの尊崇を集めていることから、ヤマトタケルは神となってこの国を守り続けているのである。

以上がヤマトタケルの物語のすべてである。物語の最後は、ほとんど古事記の記載に準拠しており、ヤマトタケルと、后や皇子たちが詠んだといわれる歌を中心に紹介した。今から千七百年も昔に、このような素晴らしい物語と詩歌を私たちに残してくれたことに感謝して、日本中を駆け巡った若き青年の姿を思い起こしながらこの物語を終えることとする。

（終）

おわりに

ヤマトタケルという日本の古代の英雄について、自分なりに解釈して文章にしてみた。

日本の古代の歴史書、神話に関しては、第二次世界大戦の以前と以後で我が国ではその取り扱いが大きく異なってきたのが真実である。

世の中の流行りすたりは当然だが、そのようなものとは関わりなく光り輝く宝石のような人物は存在する。これからの日本人、特に若い人たちには、世界の東の涯である極東に千七百年前もの昔、この国を一つにしようと国中を駆け回った青年がいたことを知ってほしい。

日本の古代史は、乏しいながらも「古事記」「日本書紀」、各地の「風土記」などに多くの出来事が記されている。その内容に関しては、歴史というより伝説、神話の類として敬遠する人たちも多いのが現実である。

漢字が我が国に伝来して、奈良時代に自分たちの伝承、伝説を文字にしようとした時、「ヤマトタケル」はすでに当時から五百年以上も昔の人であった。伝説の神々から実在した人の歴史に移行するまさに境目の人物といえる。歴史書の人物を過大評価したり、矮小化するのではなく、ありのままの一人間として読んでいくのが現代の我々の役割であろう。

当時の人たちが万葉仮名という手法を使ってこのような古典を残してくれたおかげで、当時の言葉で人物の会話や詩歌が今もそのまま読むことができ、大きな感動に浸ることができるのである。

ヤマトタケルが最後に詠んだ思国歌《くにしのびうた》

大和は国のまほろば　たたなずく青垣
山こもれる　大和し麗し

たったこれだけの短い歌だが、ほとんどの日本人はこの原文を理解できるのではないだろうか。時空を超えてヤマトタケルと思いを共有できる、というそのことがどれだけ素晴らしいことであるかを感じていただきたいのである。

この書により、一人でも多くの人たちが日本の古典に触れていただき、はるか昔に力いっぱい生き抜いた人々の息吹を感じていただくことができたらと願いあとがきとする。

引用文献

(1) 倉野憲司校注『古事記 第84刷』岩波文庫、p45
(2) 小島憲之他訳『日本の古典をよむ 4 万葉集』小学館、p181、国歌大観(1257)
(3) 小島憲之他訳『日本の古典をよむ 4 万葉集』小学館、p239、国歌大観(2991)
(4) 倉野憲司校注『古事記 第84刷』岩波文庫、p138、p139、p140、p142、p143、p144、p145

参考文献

(1) 『小倉織―江戸時代から愛された木綿織物―』小倉織協議会/北九州市立自然史・歴史博物館、2016年
(2) 上原真人他『列島の古代史5 ひと・もの・こと専門技能と技術』岩波書店、2006年
(3) 椚國男『方格法の渡来と複合形古墳の出現』築地書館、2009年

（4）竹田恒泰『現代語 古事記』学研、２０１１年
（5）池澤夏樹訳『日本文学全集01「古事記」』河出書房新社、２０１４年
（6）倉野憲司校注『古事記』岩波書店、１９６３年
（7）坂本太郎他校注『日本書紀（1）～（5）』岩波書店、１９９４年
（8）広瀬和雄『前方後円墳国家』中公文庫、２０１７年
（9）竹田繁良『伝承地でたどる ヤマトタケルの足跡 尾張・美濃・近江・伊勢』人間社、２０１２年
（10）上田正昭『日本武尊』吉川弘文館、１９６０年
（11）吉村武彦他編『シリーズ 古代史をひらく 前方後円墳 巨大古墳はなぜ造られたか』岩波書店、２０１９年
（12）松木武彦編著『考古学から学ぶ 古墳入門』講談社、２０１９年
（13）駒田利治『シリーズ「遺跡を学ぶ」０５８ 伊勢神宮に仕える皇女 斎宮跡』新泉社、２００９年
（14）石野博信他編著『古墳時代の研究 3生活と祭祀』雄山閣出版、１９９８年
（15）木村孟淳『読みもの 漢方生薬学』たにぐち書店、２０１２年
（16）Wikipedia「アサ」https://ja.wikipedia.org/wiki/%E3%82%A2%E3%82%B5
（17）須股孝信、坪井基展「前方後円墳の設計理念と使用尺度」土木史研究 第17号、１９９７年自由投稿論文、p333～334
（18）産経新聞取材班『ヤマトタケル』産経新聞出版、２０１７年

著者記す

〈著者紹介〉
中村東樹（なかむら はるき）
昭和25年生まれ。北九州市小倉北区出身。
福岡市在住。内科医。趣味は「観る将（棋）」「低山の山歩き」

タケル
—空白《くうはく》の四世紀《よんせいき》、日本《にほん》を統一《とういつ》した青年《せいねん》の物語《ものがたり》—

2024年4月18日　第1刷発行

著　者　中村東樹
発行人　久保田貴幸

発行元　株式会社 幻冬舎メディアコンサルティング
〒151-0051　東京都渋谷区千駄ヶ谷4-9-7
電話　03-5411-6440（編集）

発売元　株式会社 幻冬舎
〒151-0051　東京都渋谷区千駄ヶ谷4-9-7
電話　03-5411-6222（営業）

印刷・製本　中央精版印刷株式会社
装　丁　秋庭裕貴

検印廃止

ISBN 978-4-344-69037-0 C0093
幻冬舎メディアコンサルティングＨＰ
https://www.gentosha-mc.com/